Karin Wagner

Aufregung ums Sommerfest

KeRLE
bei Herder

Freiburg · Wien · Basel

Die Schreibweise entspricht der neuen Rechtschreibung

Gedruckt auf umweltfreundlichem,
chlorfrei gebleichtem Papier

Umschlag- und Innenillustrationen: Monika Broeske

www.kerle.de
Satz: Barbara Herrmann, Freiburg
Druck und Einband: fgb · freiburger graphische betriebe 2002
www.fgb.de
ISBN 3-451-70440-4

KOPFZERBRECHEN

Auf dem Ponyhof Wiesental geht es beim Frühstück wie immer lebhaft zu. Dreizehn Mädchen zwischen neun und fünfzehn Jahren sitzen am großen Tisch und plappern munter durcheinander. Es duftet nach Kakao, Kaffee und frischen Brötchen, die Horst erst vor wenigen Minuten beim Bäcker geholt hat.

Horst Winterhalter und seiner Frau Ute gehört der Ponyhof Wiesental, auf dem Jessica nun schon zum vierten Mal die Ferien verbringt. Es war nicht leicht für sie, ihre Eltern zu überreden, sie nicht nach Spanien mitzunehmen, sondern sie wieder hierher reisen zu lassen. Auch Alex, Conny und Maike, mit denen sie inzwischen eng befreundet ist, haben es geschafft, wieder herzukommen.

Jessica beobachtet Pepsy, Horsts braunweißen Mischlingshund, der in der Hoffnung auf einen Leckerbissen um den Tisch herumtappt und sehnsüchtig zu den Tellern hinaufschaut. Ab und zu bleibt er schwanzwedelnd bei einem Mädchen stehen, aber bis auf ein zärtliches Tätscheln oder liebevolles Kraulen geht er leer aus. Ute hat die Mädchen nämlich gebeten, den Hund nicht bei Tisch zu füttern.

Während Jessica ihr Brötchen kaut und den Geschmack von Butter und Honig genießt, wandert ihr Blick zum Fenster. Dunkle Wolken bedecken den Himmel, aber wenigstens regnet es nicht.

„Jessica!“

Das ist Maikes Stimme. Um an Alex vorbeisehen zu können, die zwischen ihr und Jessica sitzt, hat sich Maike weit vorgebeugt. Ihr dunkelblonder Pferdeschwanz rutscht langsam über ihre Schulter nach vorn, bis er gefährlich dicht über ihrer Tasse mit Kakao baumelt.

„Ja? Was ist?“, fragt Jessica.

„Sag mal, träumst du?“ Maike legt den Finger an die Brille, damit sie nicht auf ihre Nasenspitze rutscht. „Ich hab dich schon zweimal gebeten, mir den Teller mit Käse zu reichen.“

„Wirklich? Sorry. Hier hast du ihn.“

Maike streckt die Hand aus und beugt sich noch ein bisschen weiter vor, um den Teller entgegenzunehmen.

„Pass auf, deine Haare“, warnt Jessica, doch es ist bereits zu spät. Maikes Pferdeschwanz taucht in die Kakaotasse und klatscht anschließend triefend auf ihr T-Shirt.

Ausgerechnet Sofie, ein 14-jähriges Mädchen, das die vier Freundinnen nicht ausstehen können, hat es gesehen, zeigt auf Maike und beginnt zu lachen. Maike schaut an sich hinunter und wird rot. Mit einer Geschwindigkeit, die man dem etwas rundlichen Mädchen gar nicht zugetraut hätte, knüllt Maike ihre Papierserviette zusammen und wirft sie nach Sofie. Sofie weicht geschickt zur Seite aus, wird aber gleich darauf von Alex mit einer zweiten Papierkugel beworfen und mitten im Gesicht getroffen.

Alle Mädchen – mit Ausnahme von Sofie und ihren drei Zimmergenossinnen Ines, Gudrun und Caroline – lachen los.

Da sie keine Serviette mehr hat, steckt sich Maike kurzerhand das nasse, braun gefärbte Ende ihres Pferdeschwanzes in den Mund und saugt den Kakao heraus. Dann lehnt sie sich zu Alex hinüber und nuschelt, die Haare immer noch zwischen den Zähnen: „Danke! Guter Schuff. Auf dich ift halt immer Verlaff."

„Keine Ursache", sagt Alex und grinst. „Wenn's um Sofie geht, bin ich jederzeit gerne dabei. Achtung, der Feind geht zum Gegenangriff über!"

Sofie hat nun ihrerseits eine Serviettenkugel geformt und holt zum Wurf aus. Alex und Maike ducken sich tief und benützen den Tisch als Deckung, wobei ein Messer laut klirrend zu Boden fällt. Jessica fängt die Papierkugel, die Alex gegolten hat, auf, hält sie Alex hin und sagt: „Hier, Munition."

Alex nimmt die Kugel, richtet sich blitzschnell auf, holt aus – und erstarrt. Ute steht in der Küchentür und sieht sie nicht gerade freundlich an.

„Was ist denn hier los?", fragt die Ponyhofbesitzerin streng.

Alex Arm ist sofort wieder unten, doch Ute ist die Bewegung nicht entgangen.

„Was wolltest du denn da gerade machen?", will sie wissen.

„Ich, äh, nichts! Ich habe mich bloß gestreckt."

„Aha. Und was hast du da in deiner Hand?"

„Das ist nur meine Serviette", sagt Alex mit Unschuldsmiene und tupft sich mit der weißen Kugel über den Mund.

„Soso." Ute hebt warnend den Zeigefinger. „Seid ja anständig."

Mit diesen Worten geht sie wieder in die Küche zurück.

Während sich Alex und Sofie noch eine Weile böse Blicke zuwerfen, bestreicht Jessica die zweite Hälfte ihres

Brötchens mit Erdbeermarmelade. Sie hört, wie Nadja, ein blasses Mädchen mit braunem Lockenkopf, zu ihrer Tischnachbarin sagt: „Stell dir vor, ich hab meine Eltern doch noch rumgekriegt! Ich darf eine ganze Woche länger hier bleiben, damit ich am Fest teilnehmen kann. Ist das nicht klasse?“

In gut zwei Wochen soll auf dem Ponyhof nämlich ein großes Sommerfest stattfinden, mit Würstchen und Steaks vom Grill, Pommes frites und selbst gemachten Waffeln. Außerdem soll es Stallführungen, Kutschfahrten und Ponyreiten geben. Als Höhepunkt ist eine Vorführung geplant, zu der möglichst alle Mädchen etwas beitragen sollen.

Sofie, die Nadjas Worte ebenfalls gehört hat, räuspert sich und deutet nacheinander auf sich, Ines, Gudrun und Caroline.

„Wir haben schon eine tolle Idee, was wir bei der Vorführung machen werden“, verkündet sie und blickt triumphierend in die Runde.

„Was denn?“, fragt Theresa, ein zehnjähriges, dunkelblondes Energiebündel.

Auch die meisten anderen Mädchen schauen neugierig zu Sofie hinüber. Nur Jessica und ihre Freundinnen tun so, als würde es sie überhaupt nicht interessieren. Jessica kehrt ein paar Brotkrümel zusammen, die auf den Tisch gefallen sind, Conny greift nach der Teekanne, Alex beginnt zu gähnen und Maike köpft hingebungsvoll ihr Frühstücksei. Aber in Wirklichkeit entgeht ihnen kein Wort von dem, was Sofie sagt.

„Wir planen eine Quadrille.“

„Eine was?“, fragt Nadja.

Sofie bedenkt das Mädchen mit einem nachsichtigen Blick.

„Eine Quadrille. Das ist eine Art Ballett zu Pferde“, erklärt sie.

Nadja kichert. „Tragen die Pferde da etwa rosa Tüllkleidchen?“

„Quatsch!“ Sofie muss fast schreien, um das allgemeine Gelächter zu übertönen. „Man reitet zu einer passenden Musik Figuren. Du wirst schon sehen.“

Nach dem Frühstück gehen Jessica, Alex, Conny und Maike auf ihr gemeinsames Zimmer, das den Namen „Islandponyscheune“ trägt und sich im ersten Stock befindet. Dort ziehen sie sich ihre Reitklamotten an. Alex steht vor dem Spiegel und massiert sich ein bisschen Gel in ihre kurz geschnittenen schwarzen Haare. Dann zupft sie ein paar Strähnchen über der Stirn zurecht. Sie ist inzwischen zwölf Jahre alt, knapp ein Jahr jünger als Jessica, aber immer noch sehr klein und schmal für ihr Alter. Genau wie die ebenfalls zwölfjährige Conny, die mit zwei Spangen in der Hand hinter Alex steht und ungeduldig wartet, bis sie an den Spiegel kann. Conny hat schulterlange rotblonde Haare, die sie zum Reiten meist hinter die Ohren steckt.

„Hast du eine Verabredung im Stall, dass du dich so rausputzt?“, fragt Conny schließlich.

„Klar, mit Crispin“, sagt Alex und lacht. Crispin ist Alex’ Pflegepony, ein hübsches, fuchsfarbenes Welsh Pony.

„Spätestens dann, wenn du den Reithelm aufsetzt, ist die Frisur doch sowieso wieder im Eimer.“

„Eine Dame, die was auf sich hält, ist eben stets gepflegt“, flötet Alex, doch ihr verschmitztes Grinsen zeigt, dass sie nur Spaß macht.

Conny schnaubt belustigt durch die Nase. „Dann solltest du besser auch ein frisches T-Shirt anziehen. Das da ist nämlich voller Marmelade.“

„Na und? Im Stall wird sowieso wieder alles dreckig."

Conny seufzt. Es hat keinen Zweck, mit Alex zu diskutieren. Sie schiebt das Mädchen kurzerhand ein Stück zur Seite und stellt sich neben sie vor den Spiegel.

Jessica verfolgt lächelnd das freundschaftliche Geplänkel zwischen den beiden und ist froh, dass sie für ihre Frisur keinen Spiegel braucht. Sie flicht ihr braunes, lockiges Haar zu einem dicken Zopf und umwickelt das Ende mit einem Haargummi.

„Hoffentlich seid ihr bald fertig", sagt Maike, die es kaum mehr erwarten kann, zu ihrem Pflegepony Gringo zu kommen.

Als die vier Freundinnen über den Hof zum Stall hinübergehen, steckt Alex missmutig die Hände in die Hosentaschen. Sie kickt einen Stein in hohem Bogen zur Seite und mault: „Eine Quadrille! Dass ausgerechnet Sofie so 'nen genialen Einfall haben musste. Wir müssen bei der Aufführung unbedingt was Besseres machen. Oder wenigstens was ähnlich Gutes. Hat denn niemand von euch 'ne Idee?"

„Nö", sagt Maike nach einer kurzen Denkpause. „Aber das macht nichts. Wir haben ja noch über zwei Wochen Zeit zum Überlegen."

„Schon", sagt Jessica, „aber ich fürchte, dass uns in den nächsten Tagen auch nichts einfallen wird. Irgendwann müssen wir uns einfach mal richtig Gedanken darüber machen."

„Du hast Recht", sagt Conny. „Am besten gleich nach der Reitstunde."

Die Mädchen trennen sich, um ihre Ponys fertig zu machen. Als sich Jessica mit der Putzkiste unter dem Arm Amicas Box nähert, schaut ihr die Stute bereits mit gespitzten Ohren entgegen.

„Hallo, Amica", sagt Jessica zärtlich und streicht über

die samtweichen Nüstern der Stute. Sie betritt die Box, schlingt ihre Arme um den schlanken Hals des Tieres, legt ihren Kopf an das helle, seidige Sommerfell und atmet den herrlichen Pferdegeruch ein. Amica versucht der Umarmung zu entkommen und geht ein paar Schritte zurück. Jessica lacht. Sie lässt los und krault die Stute kräftig unter der Mähne.

„Das gefällt dir besser, nicht?", sagt sie.

Jessica ist glücklich, dass sie wieder Amica als Pflegepony bekommen hat. Sie liebt die zierliche, schnelle Berber-Araberstute über alles. Und dieses Mal gab es bei der Zuteilung nicht mal Streit mit Sofie, die sonst auch immer scharf auf Amica war. Michael, Utes 18-jähriger Sohn, hat sich nämlich ein eigenes Pferd gekauft, einen herrlichen reinrassigen Araberfuchs namens Sahib, und den darf Sofie beim Reitunterricht reiten. Nur bei den Ausritten muss sie mit Bonnie, einem betagten Freiberger, vorlieb nehmen.

Amica lässt sich wie immer willig putzen und satteln. Dann führt Jessica die Stute auf den Hof, um dort auf ihre Freundinnen zu warten.

Zuerst kommt Alex mit ihrem Crispin, dann Conny mit ihrer kleinen Haflingerstute Tinker Bell und zum Schluss Maike mit Gringo, ihrem gescheckten Tinker Pony. Die Mädchen gurten nach, steigen auf und reiten mit langen Zügeln gemächlich zur Halle, in der die Reitstunde wegen des wechselhaften Wetters stattfinden soll.

Ein paar Mädchen sind schon in der Halle, andere gesellen sich nach und nach hinzu. Sofie ist eine der letzten. Jessica überlegt sich, wie sie es wohl geschafft haben mag, dass ihre Kleider aussehen wie frisch aus der Reinigung und ihre Stiefel glänzen wie frisch poliert, obwohl sie wie alle anderen ihr Pferd geputzt und aufgezäumt hat. Stolz und kerzengerade sitzt sie in Sahibs Sattel, ganz im Gegensatz zu den anderen Mädchen, die ihre Ponys am hingegebenen Zügel in gemütlichem Schritt kreuz und quer durch die Halle gehen lassen.

„Hat dir das Frühstück denn nicht gereicht?“, ruft Alex, als Sofie an ihr vorbeireitet.

„Wieso?“, fragt Sofie verwirrt.

„Na ja, weil du offensichtlich einen Stock verschluckt hast. Oder gibt es einen anderen Grund dafür, dass du so steif bist?“

„Ph!“ Sofie zuckt abfällig mit den Schultern, dann hebt sie das Kinn und treibt ihren Fuchs an, um Alex möglichst schnell hinter sich zu lassen.

„Oder hast du Rückenschmerzen?“, ruft ihr Alex grinsend nach. „Brauchst du vielleicht einen Arzt? Oder Tabletten?“

„Wer braucht Tabletten?“

Jessica hätte fast laut aufgelacht, weil Alex schlagartig verstummt ist und den Blick starr vor sich auf den Hufschlag richtet. Derjenige, der da eben mit strenger Stimme geredet hat, ist Fritz, der alte Stallgehilfe, vor dem Alex großen Respekt hat, obwohl sie ihn längst nicht mehr so fürchtet wie früher.

Fritz lässt während der Reitstunde kein gutes Haar an Sofie, obwohl sie eigentlich hervorragend reiten kann. Die anderen Mädchen bekommen zwar auch ihr Fett ab, aber mit Sofie ist er am strengsten. Mal reitet sie zu schnell, dann wieder zu langsam. Mal sind ihre Zügel zu lang, dann wieder zu kurz. Mal ist ihr Pferd zu weit nach innen, dann wieder zu stark nach außen gestellt. Egal, was Sofie macht, nie scheint es ganz richtig zu sein. Jessica fragt sich, ob Fritz Sofie nicht leiden kann oder ob er in Michaels neues Pferd so vernarrt ist, dass er nicht den kleinsten Fehler durchgehen lässt. Wahrscheinlich ist beides der Fall, vermutet sie.

Alle Mädchen sind völlig erschöpft, als sie nach der Stunde nebeneinander aufmarschieren und ihre Ponys loben. Alex ist nass geschwitzt und ihr Gesicht hat etwa die gleiche Farbe wie die Erdbeermarmeladeflecken auf ihrem T-Shirt. Trotzdem schaut sie vergnügt zu Jessica hinüber und sagt: „Das war eine tolle Reitstunde, nicht? Fritz ist wirklich ein erstklassiger Lehrer."

„Ach, auf einmal?" Jessica grinst. Sie weiß genau, dass Alex das nur sagt, weil Fritz so viel an Sofie herumgemeckert hat.

Auf dem Dachboden

Als die Mädchen zum Stall zurückreiten, beginnt es zu regnen. Deshalb binden sie ihre Ponys im Stallgang und nicht im Freien an, um sie abzusatteln und ihnen den feinen Hallenstaub aus dem Fell zu bürsten. Conny und Jessica arbeiten gerade Rücken an Rücken, als Conny sich zu ihrer Freundin umdreht und sagt: „Wie wäre es mit einer Disco?"

Jessica schaut Conny erstaunt an. „Eine Disco? Willst du etwa tanzen gehen?"

„Ach was." Conny lacht. „Eine Pferdedisco. Beim Sommerfest. Bei der Vorführung."

Jetzt kapiert Jessica, was Conny meint. „Und wie stellst du dir das vor?"

„Na ja, fetzige Musik, buntes Scheinwerferlicht und wallender Nebel, in dem wir herumgaloppieren oder so."

Jessica klopft auf dem Boden den Striegel aus, mit dem sie die Bürste gereinigt hat. „Und wie kommen wir an Scheinwerfer ran? Und wie würden wir den Nebel machen?", fragt sie. „Außerdem will Ute die Vorführung bei gutem Wetter auf dem Reitplatz im Freien durchführen und da kannst du Scheinwerfer vergessen."

„War ja nur so 'ne Idee.“

Da es inzwischen ziemlich heftig regnet, bringen die Mädchen die Ponys nicht auf die Weide, sondern führen sie in die Boxen. Conny und Jessica gehen zum anderen Ende des Stalles, wo Alex und Maike vor Gringos Box stehen und sich unterhalten.

„Wir überlegen uns gerade eine Nummer für die Aufführung“, sagt Alex, als Jessica und Conny sich zu ihnen gesellen. „Ich habe gerade vorgeschlagen, dass wir 'ne Reitstunde bei Fritz nachspielen könnten.“ Sie hält sich die Nase zu und trompetet: „Setzt euch endlich gerade hin! Ihr hängt ja wie Mehlsäcke im Sattel herum!“

Dabei trifft sie Fritz' Stimme so gut, dass ihre Freundinnen in wieherndes Gelächter ausbrechen.

„Nein“, sagt Jessica und japst nach Luft. „Das können wir nicht bringen. Fritz wäre garantiert voll sauer auf uns.“

„Pst, leise, da ist er“, warnt Conny.

Jessica dreht sich um. Der alte Mann kommt schlurfend näher, wobei er nach links und rechts zu den Ponys hineinschaut, um zu überprüfen, ob mit ihnen alles in Ordnung ist. Bei den Mädchen bleibt er stehen und sagt: „Ist euch etwa langweilig?“ Seine Stimme ist noch rauer als sonst, weil er in der Reitstunde so viel herumgeschrien hat. „Wenn das der Fall ist, wüsste ich, was ihr …“

„Nein, nein“, unterbricht ihn Jessica, bevor er ihnen eine Arbeit aufhalsen kann, und erklärt ihm ihr Problem. „Und das Schlimmste dabei ist“, sagt sie zum Schluss, „dass Sofie einen megacoolen Einfall hatte: Sie und ihre drei Zimmergenossinnen wollen eine Quadrille einstudieren. Sie hat sogar mit ihrer Mutter telefoniert, und die hat versprochen, passende Musik zu schicken und Kostüme zu besorgen.“

„Soso, Kostüme“, wiederholt Fritz. „Dann wird das natürlich schon 'ne tolle Vorstellung. Vorausgesetzt, sie üben fleißig. 'ne Quadrille ist nämlich nicht einfach. Man muss ganz exakt reiten. Immer im gleichen Tempo und immer gleichzeitig abbiegen und so."

„Es werden sogar besonders schöne Kostüme sein", fährt Jessica fort. „Von der Oper. Ihre Mutter hat da Beziehungen. Behauptet Sofie zumindest."

„Und ihr wollt nun was machen, das genauso gut ist, nehme ich an?"

Die Mädchen nicken.

Der alte Mann kratzt sich am Bart. „Tja, das wird nicht leicht. Was machen denn die anderen?"

„Lea, die Plappertasche mit dem langen blonden Zopf, plant ein Spiel. ‚Die Reise nach Jerusalem' zu Pferd, glaube ich. Dann gibt es noch einen lustigen Sketch, eine Springvorführung, was mit der Kutsche und ... ach ja, eine Clownnummer."

„Ich wüsste vielleicht was", brummt Fritz. „Aber ob das geht? Bisschen wenig Zeit. Hm."

Gespannt warten die Mädchen darauf, dass der alte Mann weiterredet, doch der kaut nur auf seiner Unterlippe herum und starrt ins Leere.

Jessica hört ein Rascheln; ein Pony legt sich ins Stroh, um einen Mittagsschlaf zu machen. Ein anderes nagt hingebungsvoll an seiner Boxentür. Draußen prasselt der Regen.

Schließlich bricht Alex das Schweigen: „Was müsste gehen?"

„Äh, wie?" Fritz sieht aus, als sei er gerade aus einem Traum erwacht. „Ach so, ja. Da ist noch 'n alter Voltigiergurt auf dem Speicher. Der könnte Norris passen."

Norris ist ein liebes Fjordpferd, das die Mädchen zwar sehr mögen, es wegen seiner Faulheit aber nicht gerne reiten.

Jessicas Augen leuchten auf. „Das wär's!", ruft sie.

Alex, Conny und Maike schauen verständnislos zwischen Jessica und Fritz hin und her.

„Was ist denn ein Woll-Tischer-Gott überhaupt?", fragt Maike.

Jessica lacht los und selbst Fritz beginnt zu schmunzeln.

„Es ist kein Gott, sondern ein Gurt", erklärt Jessica, nachdem sie sich genug gefasst hat, um wieder reden zu können. „Man braucht ihn zum Turnen am Pferd. Man schreibt es V-o-l-t-i-g-i-e-r-e-n, aber aussprechen tut man es wie Woltischieren, mit stimmhaftem ‚sch'."

„Aha", sagt Maike und nickt, aber ihr Gesicht verrät, dass sie nichts verstanden hat.

Fritz wendet sich an Jessica: „Kletter mal zum Speicher rauf." Er deutet auf die Leiter, die vom Stallgang aus zu einer Luke in der Decke führt. „Du kennst dich da oben ja aus."

Jessica fühlt, wie ihr das Blut ins Gesicht schießt. In den letzten Sommerferien hatte sie sich einmal nach einem heimlichen nächtlichen Ritt dort oben versteckt. Es ist ihr jetzt noch peinlich, wenn sie an all die Verwicklungen denkt, die sie damit verursacht hatte.

„Der Gurt müsste in einer großen Holzkiste sein, ganz hinten links, neben der alten Kommode, wenn ich mich nicht irre", fährt Fritz fort.

„Also gut, ich schau mal nach", sagt Jessica und geht zur Leiter.

„Warte, ich komm mit!", ruft Alex, die lieber mit Jessica als mit Fritz zusammen ist.

„Ich auch!" Maike will den beiden hinterher, denn für ein Abenteuer ist sie immer zu haben, auch wenn es nur ein fremder Dachboden ist. Doch Fritz hält sie am Arm fest.

„Nichts da“, sagt er. „Hätte mir gerade noch gefehlt, dass ihr alle auf dem Speicher rumtobt. Zwei sind genug.“

Jessica und Alex klettern die Leiter hinauf und verschwinden in der dunklen Öffnung.

„Gibt es hier irgendwo einen Lichtschalter?“, ruft Jessica zu Fritz hinunter. „Hier oben ist es stockfinster!“

Statt einer Antwort leuchtet ein paar Sekunden später eine einsame Glühbirne auf, die von einem Balken an der Decke herunterbaumelt. Sie ist so voller Spinnweben und Staub, dass ihr trübes Licht kaum in die hintersten Winkel des Dachbodens reicht. Jessica und Alex suchen sich einen Weg durch das alte Gerümpel zu der Kommode, die Fritz erwähnt hat. Je weiter sie sich vom Einstieg entfernen, desto grauer und staubiger sind die Kisten, Schachteln und Möbel, die überall herumstehen.

Neben der Kommode stehen mehrere große Kartons und Kisten. Jessica öffnet den ersten Karton, aber darin sind nur irgendwelche alten Hefte und Bücher. Sie verschließt ihn wieder und hebt den Deckel der großen Holzkiste daneben an. Zuerst sieht sie nur einen Wirrwarr aus Seilen und Riemen, doch dann entdeckt sie dazwischen einen mit Leder überzogenen Bügel. Sie ergreift ihn und zerrt ihn ein Stück in die Höhe. Jetzt sieht sie, dass der Bügel zu einem breiten, gepolsterten Gurt gehört, an dem sich in etwa zwanzig Zentimetern Entfernung ein zweiter Bügel befindet. Es ist der Voltigiergurt, und die Bügel sind die Griffe, an denen man sich beim Turnen auf dem Pferd festhalten kann.

Erst vor wenigen Wochen hat Jessica bei einem Reitturnier einer Gruppe von Kindern beim Voltigieren zugeschaut. Das Pferd galoppierte an einer Longe im Kreis, und die Kinder zeigten die tollsten Kunststücke. Sie brachten es beispielsweise fertig, zu zweit freihändig auf dem galoppierenden Pferd zu stehen. Jessica war so begeistert, dass sie am liebsten gleich mit dem Voltigieren angefangen hätte, doch leider gab es so etwas in der näheren Umgebung ihres Wohnortes nicht.

Jessica befreit den Gurt von den Riemen, die sich um ihn herumgeschlungen haben. Dann hievt sie ihn mit einem lauten „Hau-ruck“ aus der Kiste. Ein paar der Riemen landen klatschend auf dem Boden und wirbeln eine Staubwolke auf. Alex, die sich nach den Riemen gebückt hat, um sie in die Kiste zurückzuwerfen, muss heftig niesen.

„Gesundheit“, dringt Connys Stimme vom Stall herauf. „Hast du dich erkältet? Ist es denn so kalt dort oben?“

Alex niest noch einmal, wischt sich die Nase mit dem Handrücken ab und sagt grinsend: „Und wie! Hier ist alles mit einer dicken Eisschicht überzogen! Hörst du nicht meine Zähne klappern?“

Conny klingt belustigt, als sie ruft: „Ach, das sind deine Zähne? Und ich dachte schon, das wäre das Gerippe eines Dachgespenstes.“

„Das kann auch sein“, sagt Alex, „Gespenster schweben hier oben nämlich massenhaft rum. Direkt über mir sitzt eins mit dem Kopf unterm Arm auf dem Dachbalken.“

Während Alex redet, schleicht sich Jessica leise an sie heran und sagt dicht neben ihrem Ohr: „Buh!“

Alex zuckt vor Schreck zusammen.

„Ich hab den Gurt“, sagt Jessica grinsend. „Wir können wieder runter. Aber ich glaube, du musst mir helfen. Das Ding hier ist nämlich ziemlich schwer und sperrig.“

„Okay“, sagt Alex. „Vorausgesetzt, mein Herz fängt wieder an zu schlagen. Mich so zu erschrecken!“

Alex klettert die Leiter halb hinunter, nimmt den Gurt von Jessica entgegen und reicht ihn an Fritz weiter.

Am liebsten würden die Mädchen gleich ausprobieren, ob Norris der Gurt passt, doch Fritz verdonnert sie erst mal zur Lederpflege.

„Zuerst Staub und Dreck abwaschen, dann trocknen lassen, dann wachsen und polieren, dann dem Pony anlegen", sagt er streng. „In genau dieser Reihenfolge. Klar?"

Die Mädchen nicken ergeben und tragen den Gurt zum Waschbecken hinüber.

„Leder braucht doch so ewig zum Trocknen", mault Alex, als Fritz außer Hörweite ist.

„Nicht, wenn wir nur einen feuchten Lappen verwenden", sagt Conny. „Fritz hat ja schließlich nicht gesagt, dass wir uns mit dem Gurt in die Badewanne legen sollen."

„Haahaahaa", sagt Alex gedehnt und schneidet eine Grimasse.

„Hört auf zu reden und lasst uns endlich anfangen", drängt Maike. „Bald gibt es Essen. Wenn wir den Gurt bis dahin sauber haben, kann er während der Mittagszeit trocknen."

Die Mädchen holen Lappen, halten sie unter den Wasserhahn und wringen sie gut aus. Dann setzen sie sich nebeneinander auf einen Strohballen, legen den Gurt quer über ihre Schenkel und reiben sorgfältig den Staub vom Leder. Das ist gar nicht so einfach, denn der Gurt hat viele Schlaufen und Ösen, an denen der Schmutz besonders hartnäckig haftet.

Das Buch

Als Ute die Glocke läutet, die alle zum Essen ruft, erklären die Mädchen den Voltigiergurt kurzerhand für sauber. Maike steht auf und hängt ihn sich über die Schulter. „Wohin damit?“, fragt sie.

„Lass ihn doch einfach hier liegen“, sagt Alex.

„Ich finde, wir sollten ihn verstecken“, widerspricht Maike.

„Verstecken?“, wiederholt Alex und zieht die Augenbrauen hoch. Plötzlich fängt sie an zu grinsen. „Au ja, wir halten geheim, was wir vorhaben. Wir verraten es nur Ute, und die muss schwören, niemandem was zu erzählen. Das wird cool!“

Die Mädchen tragen den Gurt in die Sattelkammer und hängen ihn an einen Haken hinter der Tür, wo er nicht so leicht gesehen werden kann. Zusätzlich bedecken sie ihn mit einem dünnen Baumwolltuch, das sie in der Truhe mit den Satteldecken gefunden haben. Dann rennen sie auf ihr Zimmer und ziehen sich um die Wette um. Alex verliert, da sie zu faul war, ihre Sachen aus der Reisetasche in den Schrank zu räumen und sie in dem Durcheinander ihrer Tasche nicht gleich das richtige T-Shirt findet.

Als die vier Freundinnen frisch gekämmt und mit gewaschenen Gesichtern und Händen ins Speisezimmer kommen, sitzen die anderen Mädchen bereits am gedeckten Tisch. Sofie verschränkt die Arme vor der Brust und mustert Alex mit zusammengekniffenen Augen.

„Das ist ja ganz was Neues, dass du zu spät kommst, wenn's was zu futtern gibt", sagt sie gehässig.

„Dass dir das überhaupt auffällt", hält Alex in zuckersüßem Ton dagegen. „Wo du doch immer nur dich selbst beachtest. Aber da du dich so mitfühlend über mein Zuspätkommen geäußert hast, werde ich dir den Grund natürlich gerne mitteilen."

Jessica gibt Alex einen unauffälligen Knuff, da sie befürchtet, dass Alex tatsächlich ihr Geheimnis preisgeben könnte. Alex dreht Jessica den Kopf zu und zwinkert ihr beruhigend zu. Dann wendet sie sich wieder an Sofie, wobei sie sich über Bauch und Hüften streicht: „Ich habe beschlossen, endlich mal was gegen meinen Schwabbelbauch und meinen fetten Hintern zu unternehmen."

Alle Mädchen außer Sofie brechen in Gelächter aus, denn Alex ist so dünn wie ein Strich und hat nicht mal ansatzweise einen dicken Bauch oder Po. Selbst Ute, die gerade eine dampfende Schüssel auf den Tisch stellt, muss lachen.

„Na, das ist aber schade", sagt Ute. „Wo du doch so gerne Nudelauflauf isst."

„Dann fange ich eben morgen mit meiner Diät an", sagt Alex und greift rasch nach dem Schöpflöffel.

„Übrigens, Ute", sagt Jessica, bevor Ute wieder in die Küche geht, „wir nehmen heute Nachmittag nicht am Ausritt teil."

„So?"

Ute macht ein erstauntes Gesicht. Maike, Conny und Alex allerdings auch.

„Ja. Es macht keinen Spaß, im Regen zu reiten."

„Aber es regnet doch gar nicht mehr", sagt Ute.

„Trotzdem. Es kann ja jederzeit wieder anfangen."

Ute runzelt die Stirn und schaut die vier Freundinnen der Reihe nach an. Aber sie stellt keine Fragen, sondern sagt nur: „Wie ihr wollt", und wendet sich achselzuckend ab.

„Was soll das?", zischt Alex. „Ich hab mich schon so auf den Ausritt gefreut."

„Und wann willst du dann den Voltigiergurt ausprobieren, ohne dass es die anderen merken?", zischt Jessica zurück.

Conny, die mitgehört hat, lehnt sich zu Alex hinüber und sagt augenzwinkernd: „Wir könnten ja auf ein paar Mahlzeiten verzichten."

„Damit ich verhungere? Kommt nicht in Frage!"

Nach dem Mittagessen helfen Jessica, Alex, Conny und Maike beim Abtragen des Geschirrs. Als sie damit fertig sind, sind alle anderen Mädchen weg und sie können Ute in ihr Geheimnis einweihen.

„Ach, so ist das", sagt Ute und lächelt. „Eine Voltigiervorführung plant ihr also. Gute Idee. Ich wusste gar nicht, dass ihr voltigieren könnt."

„Das können wir ja auch nicht", sagt Alex.

„Nicht?", fragt Ute verdutzt.

„Nein. Aber Fritz meint, wenn wir fleißig üben, könnte es klappen."

„So, meint er das?"

„Ja. Weil wir total sportlich sind und schon gut reiten können."

Alex klingt so überzeugt, dass Ute lachen muss.

„Nun ja, versuchen könnt ihr es ja mal. Aber warum die Heimlichtuerei?"

„Es soll eine Überraschung werden", sagt Conny.

„Außerdem wollen wir uns nicht blamieren“, fügt Maike hinzu. „Wir wissen ja noch gar nicht, ob es tatsächlich klappt.“

Ute nickt verständnisvoll. Plötzlich hebt sie den Zeigefinger.

„Ich glaube, ich habe noch irgendwo ein Buch“, sagt sie. „Wartet mal kurz, vielleicht finde ich es.“

Während Ute auf die Suche geht, machen sich die Mädchen nützlich, indem sie Essensreste von den Tellern kratzen und das Geschirr in die Spülmaschine einräumen. Noch bevor sie damit fertig sind, kommt Ute mit dem Buch zurück. Sie gibt es Jessica und ermahnt die Mädchen, pfleglich damit umzugehen.

Jessica versteckt das Buch vorsichtshalber unter ihrem T-Shirt. Sie will nicht riskieren, dass es jemand auf dem Weg zu ihrem Zimmer zu sehen bekommt. Erst als Maike die Tür abgeschlossen hat, holt sie es wieder hervor.

Die vier Freundinnen setzen sich dicht nebeneinander auf Alex' ungemachtes Bett, nehmen das Buch in die Mitte und blättern es langsam Seite für Seite durch.

„Waaahnsinn!“, sagt Maike immer wieder, wenn sie eine Übung sieht, die sie für besonders schwierig hält. „Waaahnsinn! Wie kann man nur auf einem galoppierenden Pferd Seil hüpfen?“

„Das geht bestimmt leichter als auf dem Boden“, sagt Alex voller Überzeugung. „Da muss man wenigstens nicht selber springen, sondern wird vom Pferd in die Luft geworfen.“

„Also gut, dann haben wir ja schon eine Übung für dich“, sagt Conny und lacht über Alex' erschrockenes Gesicht.

„Waaahnsinn!“, sagt Maike wieder. „Die hängt ja kopfüber seitlich am Pferd und streckt auch noch ein Bein in die Luft! Wie macht die das nur?“

Als Jessica das Buch zuklappt, sind alle erst einmal ganz still. Selbst Alex sagt kein Wort. Schließlich ist es Maike, die das Schweigen bricht.

„Mannomann! Wenn wir das schaffen, wird es ein irres Programm."

„Tja, wenn ...", sagt Conny. „Ich kann mir nicht vorstellen, dass wir so was jemals auf die Reihe bekommen."

Sie deutet auf das Titelbild, auf dem ein Mädchen auf einem galoppierenden Pferd einen Handstand macht und von einem sitzenden Jungen an den Hüften gehalten wird.

„Wieso eigentlich nicht? Ich kann prima Handstand", sagt Alex. „Da, schaut mal."

Sie steht auf, nimmt mit einem Bein Schwung – und schon steht sie auf den Händen. Dann beginnt sie zu laufen. An der Tür macht sie, immer noch auf den Händen, eine Drehung und läuft bis zur Mitte des Zimmers zurück. Jessica, Conny und Maike klatschen begeistert Beifall.

„Ich kann zwar auch ganz gut Handstand", sagt Conny, „aber auf den Händen laufen kann ich nicht."

„Es wäre ja auch das erste Mal, dass du was besser kannst als ich", sagt Alex und grinst.

„Das ist überhaupt nicht wahr", empört sich Conny, „das weißt du genau!"

„So? Nun ja, wenn du mir ein paar Tage Zeit lässt, fällt mir vielleicht tatsächlich was ein."

„Zum Beispiel hab ich die Reiterprüfung fürs große Hufeisen bestanden und du bloß fürs kleine", sagt Conny.

„Das heißt aber noch lange nicht, dass du besser reiten kannst."

„Doch."

„Nein."

„Doch."

„Conny kann besser Witze erzählen als du", mischt sich Maike ein.

„Ach, Maike“, sagt Alex und macht ein Gesicht, als wäre sie zu Tode betrübt, „ich finde es überhaupt nicht nett, dass du mir in den Rücken fällst.“

„Es stimmt aber“, bekräftigt Maike.

„Danke, Maike“, sagt Conny. Dann schaut sie Alex herausfordernd an. „Du kannst aber gern das Gegenteil beweisen. Also los, erzähl einen Witz.“

„Äh, äh, ...“, beginnt Alex, kratzt sich an der Stirn und schaut zur Decke. „Fritzchen sitzt in der Schule. Der Lehrer fragt: ... äh ...“ Sie denkt eine Weile nach, dann zuckt sie mit den Schultern. „Hab ihn vergessen.“

„Dann erzähl ich jetzt einen“, sagt Conny. „Also: Fritzchen kommt völlig verdreckt nach Hause. Seine Mutter fragt entsetzt: ‚Was hast du denn bloß gemacht?‘ Fritzchen sagt: ‚Ich bin ins Gras gefallen.‘ Die Mutter sagt: ‚Aber Gras gibt doch grüne Flecken und keine braunen!‘ Fritzchen erwidert: ‚Das Pferd hatte es halt schon gefressen.‘“

Alex presst die Lippen zusammen und versucht verzweifelt, nicht zu lachen. Aber es nützt nichts: Zuerst dringen seltsame grunzende Laute aus ihrer Nase, dann platzt es aus ihr heraus und sie lacht aus vollem Halse.

„Also gut“, sagt sie versöhnlich. „Witze erzählen kannst du besser als ich. Aber das ist auch schon alles.“

Die erste Voltigierstunde

Die vier Freundinnen können es kaum erwarten, bis Ute mit den anderen Mädchen endlich zum Ausritt aufgebrochen ist. Dann holen sie den Voltigiergurt aus der Sattelkammer, um ihn zu wachsen und zu polieren. Nach zwanzig Minuten sind sie mit dem Ergebnis zufrieden und machen sich auf die Suche nach Fritz. Sie finden ihn im Haus, wo er gerade mit dem Hufschmied telefoniert. Ein paar Ponys müssen dem Gespräch nach zu urteilen bald wieder frisch beschlagen werden.

Als Fritz den Hörer auflegt, bitten ihn die Mädchen, ihnen zu zeigen, wie man den Gurt anlegt. Fritz brummt zustimmend und folgt den Mädchen in den Stall. Er nimmt den Gurt und begutachtet ihn von allen Seiten.

„Glänzt wie zu seinen besten Zeiten", sagt er und nickt zufrieden. Dann legt er den Gurt über seine Schulter und schlurft zu Norris' Box. Norris dreht sich um, als er ihn kommen hört, und streckt ihm neugierig den großen Kopf entgegen.

„Ihr habt Glück, dass ihn gerade niemand als Pflegepony hat“, brummt Fritz, als er dem Fjordpferd den Hals klopft. „So, mein Dicker, jetzt mach mal Platz.“

Fritz nennt Norris immer liebevoll „seinen Dicken“. Zwar ist Norris eines der kräftigsten und größten Ponys im Stall, aber richtig dick ist er eigentlich nicht. Wie alle Fjordpferde hat er ein graugelbes Fell, eine schwarzweiße Mähne, einen langen, üppigen Schweif und entlang des Rückens einen dunklen Streifen, den so genannten Aalstrich. Seine Beine haben braune Streifen wie ein Zebra, und obwohl sein Kopf ziemlich groß ist, hat er ein liebes Gesicht.

Fritz schiebt den Riegel zurück und geht in die Box. Er legt Norris den Voltigiergurt in Höhe des Widerrists auf den Rücken und lässt ihn wie einen Sattel ein Stück zurückgleiten, damit das Fell darunter richtig zu liegen kommt. Dann bückt er sich ächzend, langt unter Norris' Bauch hindurch nach dem anderen Gurtende und schnallt die Riemen zusammen. Dann überprüft er nochmals den Sitz des Gurtes und murmelt: „Na also, passt wie angegossen.“ Dann wendet er sich an die Mädchen. „Wollt ihr heute schon anfangen?“

„Au ja!“, ruft Alex. „Wir müssen aber fertig sein, bevor die anderen vom Ausritt zurückkommen. Wir wollen nämlich, dass niemand von unserem Vorhaben erfährt.“

Fritz schaut auf die Uhr. „Dann haben wir ja noch 'ne gute Stunde Zeit. Wollt ihr die Sachen da anlassen?“

Er deutet auf die Kleidung der Mädchen. Alle vier tragen Jeans, T-Shirts und Turnschuhe. Als die Mädchen nicken, sagt er: „Also gut. Jessica, hol mal Norris' Zaumzeug. Und ein Paar Ausbindezügel. Und du“, er zeigt auf Alex, „bringst die Longe und die lange Peitsche.“

Jessica und Alex kennen sich in der Sattelkammer inzwischen bestens aus und haben die benötigten Dinge rasch herbeigeschafft. Fritz zäumt Norris auf, löst die

Zügel von der Trense und befestigt stattdessen die zusammengerollte Longe, ein gewebtes, kräftiges Band von mehreren Metern Länge, daran. Die Ausbindezügel schnallt er zunächst mit beiden Enden an den Gurt.

„Nachher, in der Halle, wird der Ausbindezügel mit der Trense verbunden", erklärt Fritz. „Damit der Dicke immer die richtige Kopfhaltung bewahrt."

In der Halle lässt Fritz die vier Freundinnen zum Aufwärmen der Muskeln zunächst ein paar Runden im Kreis laufen. Jessica, Conny und Alex macht das nichts aus, aber Maike stöhnt schon nach einer halben Runde. Sie wird immer langsamer, bis sie schließlich außer Atem und mit Seitenstechen stehen bleibt.

Inzwischen lässt Fritz Norris an der Longe im Kreis gehen. Das ist für Norris nichts Neues, denn er wird oft auf diese Weise bewegt. Brav dreht er seine Runden, erst im Schritt, dann im Trab und schließlich im Galopp.

„Macht auch noch ein bisschen Gymnastik!", ruft Fritz den Mädchen zu. „Kniebeugen, Rumpfbeugen und so."

Jessica kann sich ein Lächeln nicht verkneifen, als sie Maike bei den Übungen beobachtet. Während Alex und Conny lässig eine Kniebeuge nach der anderen machen, kommt Maike bereits bei der achten Wiederholung kaum mehr hoch. Schon jetzt tropft ihr der Schweiß von der Stirn und ihr Gesicht hat einen gequälten Ausdruck angenommen. Sie ist sichtlich froh, als Fritz die Gymnastik endlich für beendet erklärt.

„Jetzt stellt euch mal in einer Linie der Größe nach auf dem Hufschlag auf", befiehlt er und fuchtelt dabei mit dem Zeigefinger herum. „Zuerst Jessica, dann du, dann du, dann du."

„Ich heiße Alex", sagt Alex. Sie scheint ein bisschen beleidigt zu sein, dass Fritz ihren Namen immer noch nicht kennt.

„Jessica", fährt Fritz fort, als habe er Alex' Bemerkung nicht gehört, „komm zu mir, wenn Norris an euch vorbei ist. Jetzt!"

Jessica geht los.

„Auf, auf, auf, ein bisschen schneller!", nörgelt Fritz. „Jetzt ist Norris im Schritt, aber später, wenn er galoppiert, hast du nicht mehr so viel Zeit."

Jessica gehorcht und sprintet los.

Fritz schmunzelt. „Einen neuen Kurzstreckenrekord brauchst du allerdings nicht aufzustellen. Bleib jetzt dicht neben mir hinter der Peitsche stehen. Gut so." Plötzlich brüllt er los: „Schaut her, ihr anderen! Ich will nicht alles zweimal erklären müssen, nur weil ihr nicht aufpassen könnt!"

Alex und Conny, die kichernd versucht haben, sich gegenseitig auf die Füße zu treten, stellen sich kerzengerade hin, blicken geradeaus und nicken.

Fritz schaut die beiden noch ein Weilchen drohend an, dann fährt er in einem bedeutend milderen Ton fort: „So, Jessica, wenn ich den Arm hebe, läufst du an der Longe entlang zum Dicken hin."

Jessica duckt sich unter der Peitsche durch und trabt auf Norris zu.

„Gut so", sagt Fritz zufrieden. „Jetzt fasse die Griffe und geh neben Norris her. Nein, nicht seitwärts, vorwärts. Schau dabei nach vorn. Gut so. Und jetzt drückst du dich mit beiden Beinen kräftig ab und schwingst dich auf Norris' Rücken. Und die Nächste", er hebt die Stimme und deutet auf Conny, „kommt sofort zu mir, wenn die Vorherige auf dem Weg zum Pferd ist, klar?"

Während Conny sich beeilt, den Platz hinter der Peitsche einzunehmen, springt Jessica vom Boden ab und reißt das rechte Bein in die Höhe. Zwar kommt es auf Norris' Rücken zu liegen, doch ihr Körper hängt noch an der

Seite. Stück für Stück arbeitet sie sich in die Höhe. Es kommt ihr vor wie eine Ewigkeit, bis sie endlich oben sitzt. Ihre Arme schmerzen von der Anstrengung und fühlen sich wie Gummi an.

„Nicht schlecht für den Anfang", sagt Fritz.

Jessica sieht erstaunt zu ihm hinüber. Sie fand es furchtbar.

„Im Galopp geht's leichter", erklärt Fritz. „So, jetzt streck mal die Arme zur Seite. Noch etwas höher. Schultern runter. Finger zusammen. Nach vorn schauen. Die Fußspitzen zeigen nach unten. Das ist anders als beim Reiten. He, ihr da drüben, habt ihr das gehört?"

Alex und Maike nicken heftig, um zu zeigen, dass ihnen kein Wort entgangen ist.

„So, jetzt machst du das Gleiche im Galopp."

Fritz schwingt sanft die Peitsche und schon beginnt Norris zu galoppieren. Es fällt Jessica nicht schwer, auch im Galopp freihändig zu sitzen, aber sie muss sich trotzdem auf die richtige Haltung konzentrieren.

„Scheeeritt", sagt Fritz mit tiefer Stimme, und Norris gehorcht augenblicklich. „So, jetzt heb dein rechtes Bein so hoch und so gestreckt wie möglich über Norris' Hals hinweg nach innen. Lass die Griffe aber nur so lang los, bis dein Bein vorbei ist. Gut so. Und nun lass dich zu Boden gleiten. Gut so. Und jetzt gehst du hinter Norris her, bis du an deinem Platz vorbeikommst. Die Nächste."

Conny und Alex schaffen es ebenfalls, sich auf Norris' Rücken hinaufzuarbeiten. Maike dagegen hängt wie ein Bleigewicht an seiner Seite, bis Fritz Jessica anweist, sie vollends nach oben zu schieben.

Als der Grundsitz bei allen Mädchen gut klappt, dürfen sie das freihändige Knien versuchen. Im Schritt geht es leicht, aber im Galopp getraut sich nur Alex, die Griffe loszulassen und die Arme zur Seite zu strecken. Zwar muss sie sich nach zwei Galoppsprüngen bereits wieder festhalten und nicht erst nach vier, wie Fritz es wollte, trotzdem ist der alte Mann sehr zufrieden.

Jessica ist froh, dass sie die nächsten Übungen nur im Schritt machen müssen, vor allem das freihändige Stehen, das man laut Fritz mit Anfängern eigentlich noch gar nicht machen sollte. Um den Mädchen die Angst vor dieser Übung zu nehmen, müssen sie nach dem Aufstehen mehrmals seitlich auf den Boden springen, später sogar rückwärts über den Pferderücken balancieren und nach hinten abspringen.

Schließlich erklärt Fritz die Stunde für beendet, lässt die Peitsche auf den Boden fallen und rollt die Longe auf.

„Also, ich muss schon sagen, ihr stellt euch sehr geschickt an", sagt er. „Ich glaube, wir können für das Sommerfest schon 'ne gute Nummer hinbekommen. Vorausgesetzt, ihr übt jeden Tag."

„Das machen wir ganz bestimmt!", sagt Conny, die sich über das Lob sichtlich freut.

„Das Dumme ist nur, dass die anderen nicht sehen sollen, was wir machen", gibt Alex zu bedenken. „Das bedeutet, dass wir nur üben können, wenn sie gerade ausreiten."

Die Mädchen beeilen sich, Norris in den Stall zurückzubringen und abzuzäumen, bevor die anderen Mädchen von ihrem Geländeritt zurückkommen. Sie waschen das Mundstück der Trense, räumen das Zaumzeug und die Longe auf und verstecken den Voltigiergurt wieder im hintersten Winkel der Sattelkammer unter dem Tuch. Zum Schluss bürsten sie Norris den verräterischen Hallenstaub aus dem Fell.

„Du warst ja ein ganz Braver", sagt Maike immer wieder und tätschelt das Pony liebevoll. „Bloß schade, dass du so groß bist. Ich glaub, ich komm nie alleine auf deinen Rücken hinauf."

„Ach was, irgendwann wirst du den Dreh schon raushaben", versucht Jessica ihr Mut zu machen, obwohl sie daran eigentlich selbst nicht so richtig glaubt.

„Denk an die Indianer", sagt Conny, denn Maike ist ein großer Fan von Wildwestgeschichten. „Die hatten ja schließlich auch keine Steigbügel."

„Auf jeden Fall ist es gut, dass Norris so einen gleichmäßigen, weichen Galopp hat", sagt Jessica. „Und so einen breiten Rücken."

Alex schaut auf die Uhr. „Bis zum Abendessen sind es noch zwei Stunden", sagt sie. „Was haltet ihr von einem Ausritt zu viert?"

„'ne Menge", sagt Maike sofort und strahlt übers ganze Gesicht.

„Falls Ute es erlaubt", fügt Jessica hinzu.

Die Mädchen verlassen den Stall und setzen sich nebeneinander auf die Holzbank neben dem Hauseingang, um dort auf die heimkehrenden Reiterinnen zu warten. Jessica streckt die müden Beine aus, schließt die Augen und genießt die warmen Sonnenstrahlen, bis sie das Klappern von Hufen hört. Sie öffnet die Augen und sieht die Reiterinnen näher kommen, allen voran Ute auf dem herrlichen Araber ihres Sohnes.

Ute hat zuerst Bedenken, die vier Freundinnen alleine ausreiten zu lassen, lässt sich schließlich aber doch erweichen.

„Aber nur eine Stunde", sagt sie und hebt mahnend den Finger. „Wenn ihr nicht pünktlich zum Abendessen erscheint, aus welchem Grund auch immer, könnt ihr weitere Ausritte ohne Begleitung vergessen, ist das klar?"

Die Mädchen jubeln und rennen auf ihr Zimmer, um sich ihre Reitsachen anzuziehen.

Trockenübungen

Die Freundinnen genießen den Ausritt zu viert, vor allem, weil sie selbst bestimmen können, wohin und wie schnell sie reiten. Fünf Minuten vor dem Abendessen kommen sie frisch geduscht, mit noch feuchten Haaren und geröteten Wangen, ins Speisezimmer.

„Hallo, Horst!“, rufen sie Herrn Winterhalter zu, der an einem kleinen Tisch in der Ecke sitzt und in einem Magazin blättert. Pepsy kommt hinter seinen Beinen hervor und tapst schwanzwedelnd zu Conny, um sich von ihr hinter den Ohren kraulen zu lassen.

Horst sieht lächelnd auf. „Hallo, Mädels. Hattet ihr einen schönen Ritt?“

„Ja, es war herrlich!“, sagt Maike. „Wir sind fast nur galoppiert! Autsch!“

Sie schaut Alex vorwurfsvoll an, weil sie ihr in den Arm gekniffen hat.

„Das kommt dir nur so vor“, sagt Alex. „Ging mir auch so, als ich noch nicht so toll reiten konnte.“

Als Maike protestieren will, wirft ihr Jessica einen warnenden Blick zu und legt in einer flüchtigen Bewegung den Zeigefinger an die Lippen. Maike sieht einen kurzen

Moment lang verwirrt aus, dann scheint sie zu begreifen: Sie hätten eigentlich häufiger Schrittpausen einlegen sollen.

„Wahrscheinlich hast du Recht", sagt sie schnell.

Nach dem Essen versammeln sich die meisten Mädchen vor dem Fernseher, um eine Quizshow anzuschauen, aber Jessica, Conny, Alex und Maike ziehen es vor, sich in ihr Zimmer zurückzuziehen. Sie holen das Voltigierbuch aus seinem Versteck unter Connys Matratze, setzen sich auf Alex' Bett und studieren nochmal die Fotos und Zeichnungen.

„Schaut mal, das sieht einfach aus", sagt Conny und zeigt auf ein Bild, auf dem ein Mädchen auf den Schultern eines anderen sitzt und beide die Arme zur Seite strecken. „Das müssten wir doch eigentlich hinbekommen."

„Ich möchte dann aber nicht unten sitzen", sagt Alex sofort.

„Ist mir schon klar", sagt Conny und grinst. „Du halbes Hemd würdest garantiert gleich zusammenbrechen."

„Halbes Hemd?" Alex springt auf und stemmt entrüstet die Arme in die Seiten. „Was soll denn das heißen?"

„Dass du keine Kraft hast."

„Und ob ich Kraft habe. Da, schau mal her!"

Alex schiebt den Ärmel ihres T-Shirts zurück, winkelt den Arm an und macht eine Faust.

„Siehst du meine Muskeln?", fragt sie stolz.

„Nee", sagt Conny. „Aber ich kann ja mal ein Vergrößerungsglas holen."

Maike lässt sich rückwärts aufs Bett fallen und kringelt sich vor Lachen. Fast im gleichen Moment plumpst Conny neben sie, weil die erboste Alex sie nach hinten geschubst hat. Conny bleibt liegen und lacht sich fast kaputt.

Nachdem sich alle wieder halbwegs beruhigt und sich die Lachtränen aus den Augen gewischt haben, schlägt Jessica vor: „Wir können die Übung ja mal ausprobieren. Als Pferdeersatz schieben wir zwei Stühle zusammen. Ich setze mich drauf und du", sie deutet auf Alex, „kletterst auf meine Schultern."

Das lässt sich Alex nicht zweimal sagen. Sie steigt hinter Jessica auf den Stuhl und schwingt das rechte Bein über ihre Schulter. Dabei hält sie sich mit beiden Händen unter Jessicas Kinn fest.

„He, du erwürgst mich ja!", krächzt Jessica. „Halt dich woanders fest."

„Und wo, bitte schön?", fragt Alex. „Liebe Güte, das ist schwieriger, als ich gedacht habe!"

Jessica hebt den rechten Arm. „Hier, nimm meine Hand."

Nach einigen wackligen Momenten sitzt Alex sicher auf Jessicas Schultern, die Füße fest auf ihrem Rücken verankert. Nun strecken beide Mädchen die Arme zur Seite. Maike und Conny klatschen Beifall.

„Jetzt könntest du eigentlich gleich noch die Brücke probieren", sagt Conny und steht mit dem Buch in der Hand auf. „Du brauchst nur den Oberkörper zurückzubiegen, bis deine Hände den Stuhl berühren."

Alex tippt sich an die Stirn. „Du spinnst ja."

„Gar nicht. Da, schau."

Conny hält Alex das Buch unter die Nase.

„Das Mädchen auf der Abbildung hat die Füße in die Griffe des Voltigiergurts gesteckt", stellt Alex fest. „Und da wir hier keinen Gurt haben, kann ich die Übung nicht machen."

„Du könntest doch die Füße unter die Stuhllehne schieben", schlägt Conny vor.

Alex seufzt. „Na gut, ich versuch's."

Alex kommt problemlos in die Brücke hinunter, denn sie ist so biegsam wie eine Gummipuppe. Als sie sich wieder aufrichten will, hat sie jedoch ein Problem: Sie kommt nicht mal zur Hälfte hoch. Nach drei Versuchen hängt sie immer noch mit dem Kopf nach unten und mit rudernden Armen in der Luft.

„Hilfe! Ich komm nicht hoch!“, zetert sie. „Mir platzt gleich der Kopf!“

Tatsächlich ist ihr Kopf schon so rot wie eine überreife Tomate.

Conny lacht und steht auf. „Also gut, ich helfe dir. Es reicht ja schließlich, wenn deine Sachen hier überall rumliegen. Da können wir auf geplatzte Köpfe echt verzichten.“

„Nun mach schon und red nicht so viel, du Quasseltante“, stöhnt Alex und macht nochmal einen schwachen Versuch, sich alleine aufzurichten.

Conny verschränkt die Arme vor der Brust. „Quasseltante? Ich? Du hast's nötig!“

„Maike, bitte, hilf du mir. Ich sag auch nie wieder Brillenschlange zu dir.“

„Du hast mich noch nie so genannt“, sagt Maike halb erstaunt, halb beleidigt und schiebt ihre Brille zurecht.

„Wirklich?“, sagt Alex. „Nun ja, mein Versprechen gilt trotzdem.“

„Nun macht schon“, mischt sich Jessica ein. „Meine Schultern tun langsam weh.“

Conny legt ihre Hand zwischen Alex' Schulterblätter und drückt von unten dagegen, bis Alex mit einem lauten Seufzer endlich wieder gerade sitzt.

„Schätze, du brauchst eine gehörige Portion Bauchmuskeltraining“, sagt Jessica, während Alex von ihren Schultern steigt.

„Du glaubst doch wohl nicht im Ernst, dass ich das nochmal mache?“, fragt Alex.

„Aber klar doch", sagt Jessica.

Alex hüpft vom Stuhl. Dann bückt sie sich und hebt blitzschnell einen von fünf schmutzigen Strümpfen auf, die sie achtlos vor ihrem Bett auf dem Boden liegen gelassen hat. Mit den Worten: „Wehe, wenn du mich nochmal so lange schmoren lässt", schleudert sie ihn in Connys Richtung. Da Strümpfe jedoch für gewöhnlich nur sehr langsam fliegen, ist es für Conny ein Leichtes, ihn zu fangen, bevor er sie trifft.

„Iii, eine Stinkbombe!", ruft Conny lachend und wirft den Strumpf zurück.

Zu ihrem Bedauern verfehlt er Alex knapp, die sich gerade nach einem anderen Strumpf bückt.

„Und du hast mir auch nicht geholfen!", ruft Alex und zielt auf Maike.

Maike streckt abwehrend die Hände aus und weicht kichernd zurück. Alex folgt ihr und sieht deshalb nicht, dass Conny ihre Socken auszieht. Sekunden später wird Alex von beiden Socken getroffen. Sie fährt herum und ruft: „Na warte!"

Nun halten sich auch Jessica und Maike nicht länger zurück; es wird die längste und lustigste Sockenschlacht, die die Mädchen je erlebt haben.

Ein Päckchen für Sofie

Am anderen Morgen zieht Jessica die Vorhänge zurück, öffnet das Fenster und lehnt sich hinaus. Die Luft ist warm und der Himmel so blau wie seit Tagen nicht mehr. Ein leises Quietschen lenkt ihre Aufmerksamkeit auf Fritz, der eine Schubkarre voll dampfenden Pferdemists zum Misthaufen schiebt.

Jessica dreht sich vom Fenster weg, um ihre Freundinnen zu wecken.

„Aufwachen, ihr Schlafmützen!“, ruft sie.

Conny und Maike schlagen die Augen auf, strecken sich und gähnen. Nur Alex scheint mal wieder nichts gehört zu haben. Jessica rüttelt sie an der Schulter, dann zieht sie ihr die Bettdecke weg.

Alex tastet nach ihrer Decke. Als sie sie nicht findet, hebt sie den Kopf und blinzelt verschlafen.

„Aha, du mal wieder“, sagt sie zu Jessica. „Kannst du mich nicht mal netter wecken? Immer ziehst du mir gleich die Bettdecke weg.“

„Aber klar doch“, sagt Jessica belustigt. „Was wäre dir denn lieber? Ein Eimer kaltes Wasser über den Kopf? Oder ein Knallfrosch unterm Kopfkissen? Oder ein Küsschen von Conny?“

„Alles bis auf das Küsschen“, grinst Alex und rappelt sich hoch. Dann beginnt sie zu schnuppern. „Ah, ich rieche Kaffee. Gleich gibt es Frühstück. Dass du mich aber auch immer so spät weckst, Jessica. Ständig muss ich hetzen.“

Alex springt aus dem Bett, schlüpft in ihre Schuhe und rennt aufs Klo. Als sie endlich zurückkommt, sind die anderen Mädchen schon gewaschen und angezogen.

„Draußen ist herrliches Wetter“, sagt Jessica. „Ich finde, wir sollten heute Morgen die Reitstunde ausfallen lassen und stattdessen lieber ausreiten.“

Die anderen Mädchen sind ganz ihrer Meinung. Sobald Alex fertig ist, gehen sie zu Ute, um sie um Erlaubnis zu bitten.

„... schließlich können wir ja am Nachmittag nicht mehr ausreiten, weil wir mit Fritz das Voltigieren üben müssen“, begründet Jessica ihr Anliegen.

„Fritz ist heute Nachmittag aber gar nicht da“, sagt Ute. „Er hat sich einen halben Tag frei genommen, um einen alten Freund zu besuchen.“

Als sie die enttäuschten Gesichter der Mädchen sieht, fügt sie hinzu: „Aber wenn ihr wollt, kann ich mit euch üben. Dann schicke ich Michael mit der Gruppe fort.“

„Michael könnte doch auch mit uns üben“, schlägt Alex vor. Als sie Utes belustigten Blick bemerkt, wird sie rot und fügt schnell hinzu: „Ich meine, äh, dann bräuchtest du nicht auf den Ausritt zu verzichten.“

„Ah ja“, sagt Ute lächelnd. Sie weiß genau, dass ihr gut aussehender Sohn der heimliche Schwarm vieler Mädchen ist, und seit dem letzten Postenritt vermutet sie, dass Alex eine seiner Verehrerinnen ist. „Aber“, fährt sie fort, „Michael hat noch nie voltigiert und wäre keine große Hilfe für euch, fürchte ich.“

Jessica war von Alex' Vorschlag zunächst begeistert, aber nun ist es ihr doch lieber, dass Ute mit ihnen übt.

Vor Michael hätte sie sich nämlich auf keinen Fall blamieren wollen. Obwohl … nett wäre es trotzdem gewesen.

In diesem Moment springt Pepsy aus seinem Körbchen im Flur, rennt zur Tür und fängt wie wild zu bellen an. Jessica hört einen Automotor und eine quietschende Bremse. Ein Blick durch das Fenster zeigt ihr, dass draußen ein Postauto angehalten hat. Ute hält Pepsy mit einer Hand am Halsband fest und öffnet mit der anderen die Tür, um die Post entgegenzunehmen. Sie blättert einen Stapel Briefe durch, dann liest sie verwundert die Anschrift und den Absender eines kleinen Päckchens.

„Nanu, das ist ja für Sofie. Von ihrer Mutter." Sie schaut die Treppe hinauf und ruft laut: „Sofie!"

Oben öffnet sich eine Tür. „Ja? Was ist?"

„Komm runter, du hast Post!"

Der Holzboden im ersten Stock knarrt unter eiligen Schritten, dann kommt Sofie die Treppe heruntergepoltert. Als sie die vier Freundinnen bemerkt, bleibt sie unangenehm überrascht stehen. Jessica, Alex, Conny und Maike brechen in schallendes Gelächter aus: Sofie hat den ganzen Kopf voller Lockenwickler.

Sofie wirft trotzig den Kopf zurück und kommt die restlichen Stufen herunterstolziert, als seien Lockenwickler zurzeit der letzte Schrei.

Sie streckt die Hand nach dem Päckchen aus und sagt: „Da ist bestimmt die Musik für unsere Quadrille drin."

„Ach, echt?", sagt Alex und zieht der völlig überraschten Sofie das Päckchen aus den Fingern.

„Aber Alex!", sagt Ute streng, doch Alex lässt sich nicht beirren. Sie hält das Päckchen ans Ohr und runzelt die Stirn. Sofie versucht es ihr zu entreißen, doch Alex dreht sich von ihr weg. Sie schüttelt das Päckchen und hält es wieder ans Ohr. Ute will gerade eingreifen, als Alex das Päckchen freiwillig zurückgibt.

„Du irrst dich", sagt sie. „Da ist keine Musik drin."

„Blöde Kuh", faucht Sofie und eilt unter dem Gelächter der Mädchen die Stufen hinauf.

Über Utes Gesicht huscht ein Lächeln, dann nimmt es einen strengen Ausdruck an. An Alex gewandt sagt sie: „Du kommst mit und hilfst beim Tischdecken, mein Fräulein."

„Aber ich hab heute doch gar keinen Dienst!", protestiert Alex.

„Trotzdem", sagt Ute. „Du weißt, warum."

„Immer auf die Kleinen, die können sich nicht wehren", mault Alex, als sie hinter Ute zum Speisezimmer schlappt.

Ute dreht sich um und wirft Alex einen warnenden Blick zu.

„O – o", sagt Alex und hält nun lieber den Mund.

Als Jessica, Alex, Conny und Maike von ihrem Ausritt heimkehren, sind die anderen Mädchen schon längst mit dem Reitunterricht fertig. Gerade sind sie dabei, ihre Ponys auf die Weide zu bringen. Mit baumelnden Beinen sitzen sie auf den blanken Ponyrücken und reiten an den vier Freundinnen vorbei.

„Wo sind denn Sofie, Ines, Gudrun und Caroline?", fragt Alex.

„Die sind noch in der Halle", erklärt Nadja. „Die üben ihre Quadrille."

„Das muss ich sehen", sagt Alex. „Los, beeilen wir uns mit dem Absatteln!"

Doch als die Mädchen bei der Reithalle sind, ist der Eingang verschlossen.

„Die sind ja vielleicht doof", sagt Maike enttäuscht und rüttelt an der niedergedrückten Klinke. „Sich einfach einzuschließen. Ihr habt mir zwar schon x-mal erklärt, was eine Quadrille ist, aber so ganz hab ich's immer noch nicht kapiert. Ich hätte so gerne mal zugeschaut."

„Ich find's auch bescheuert", sagt Alex.

„Wieso? Wir lassen ja auch niemanden zusehen", gibt Conny zu bedenken.

„Aber wir schließen nicht ab", sagt Alex.

„Wär aber keine schlechte Idee", findet Jessica. „Dann könnten wir auch länger üben, ohne befürchten zu müssen, dass die anderen früher vom Ausritt heimkommen und uns überraschen."

„Ja, stimmt eigentlich", sagt Alex. „Fritz hat sicher 'nen Schlüssel zur Halle, und Ute sowieso."

Maike schaut auf die Uhr, dann lehnt sie sich gegen die Hallentür und lässt den Blick gelangweilt über den Reitplatz und den Ponyhof schweifen. „Bis zum Mittagessen dauert es noch über eine Stunde", sagt sie. „Habt ihr 'ne Idee, was wir in der Zwischenzeit machen könnten?"

„Wir üben das Voltigieren", schlägt Alex vor.

„Prima Idee", lacht Conny. „Und du bist unser Pferd. Los, auf die Knie mit dir!"

„Quatsch!", sagt Alex kopfschüttelnd. „Ich dachte an Strohballen. Wenn wir drei aufeinanderlegen, haben sie vielleicht die richtige Höhe, um das Aufspringen zu üben."

„Blödsinn, die fallen doch um", sagt Conny.

„Nicht, wenn sich die anderen drei dagegenstemmen."

„Aber das Stroh ist in der Futterkammer", gibt Conny zu bedenken, „und die ist gleich neben dem Stall. Da kommen wir nie unbemerkt rein, weil die anderen im Hof mit Pepsy spielen."

Jessica nickt. Sie hört das aufgeregte Bellen des Hundes und das fröhliche Lachen der Mädchen bis hierher.

„Außerdem hat der Raum ein Fenster, durch das jeder

reinschauen kann", fährt Conny fort. „Und wenn Fritz davon Wind bekommt, dann gute Nacht! Wo er doch überall so penibel Ordnung hält."

„Ich habe ja gar nicht an die Futterkammer gedacht", verteidigt Alex ihren Vorschlag, „sondern an die Scheune."

„Die große Scheune neben der Weide?" Maikes Augen beginnen zu leuchten. „Au ja! Da war ich noch nie drin."

Conny, der die Sache immer noch nicht ganz geheuer ist, schaut Hilfe suchend zu Jessica hinüber, doch Jessica zuckt nur mit den Schultern und sagt: „Mir ist es egal."

Conny seufzt. „Also gut, wir können es ja mal versuchen."

Die Mädchen marschieren zur Scheune, die etwas abseits vom Ponyhof liegt. Das große Tor ist fest verschlossen, aber eine Tür, die in den linken Flügel des Tors eingelassen ist, ist nur mit einem einfachen Riegel gesichert und lässt sich problemlos öffnen. Die Mädchen schauen sich gewissenhaft um, ob ihnen auch niemand gefolgt ist, dann schlüpfen sie hinein.

In der Scheune ist es dunkel, warm und stickig. Jessica ertastet neben der Tür einen Lichtschalter. Ein paar Neonröhren beginnen mit einem klickenden Geräusch zu flackern, bis sie leise summend ein stetiges, kaltes Licht ausstrahlen.

Die Mädchen sehen sich um. Auf der rechten Seite der Scheune steht der Fuhrpark des Ponyhofs: Ein großer grüner Traktor, ein Heuwagen, eine Mähmaschine, eine kleine Kutsche und Fritz' alter Jeep, daneben etliche Geräte für die Feldarbeit. Dahinter, im Halbdunkel und mit großen Planen zugedeckt, stehen weitere Fahrzeuge, von denen eines, wie die Mädchen wissen, ein Planwagen ist. Auf der linken Seite und unter dem Dach befindet sich das Vorratslager für Heu und Stroh.

Die Mädchen ziehen drei Strohballen, die die Form von kniehohen, länglichen Kisten haben, in die Mitte des Raumes und hieven sie aufeinander. Zwar ist der Strohstapel immer noch etwas niedriger als Norris' Rücken, aber zum Üben ist das sogar besser, finden die Mädchen. Nacheinander probieren sie das Aufspringen in den Grundsitz, wobei die drei anderen Mädchen jeweils aufpassen, dass der Stapel nicht umkippt.

Jessica, Alex und Conny kommen schon bald problemlos auf die Ballen hinauf, nur bei Maike klappt es nicht so richtig.

„Nimm doch mal Anlauf", schlägt Jessica vor.

Maike versucht es, doch statt in die Höhe zu springen, hechtet sie nach vorn und reißt die Ballen um, obwohl sich ihre Freundinnen mit aller Kraft dagegenstemmen. Sie stößt einen schrillen Schrei aus und krallt verzweifelt die Finger ins Stroh, doch als die Ballen auf dem Boden aufschlagen, rutscht sie ab, knallt auf den Beton und bleibt benommen liegen.

Jessica beugt sich über sie. „Hast du dir weh getan?", fragt sie besorgt, denn Maikes Gesicht ist weiß wie Schnee.

„Ich glaube nicht", sagt Maike. „Ich bin bloß mächtig erschrocken."

Jessica streckt ihr die Hand hin und hilft ihr auf die Beine. Während Maike sich das Stroh aus den Kleidern klopft, sagt Conny: „Ich wusste ja gleich, dass das Voltigieren auf Strohballen eine Schnapsidee war."

„Lasst uns die Dinger aufräumen und verschwinden", sagt Jessica. „Ich hab auch keine Lust mehr."

Gemeinsam schieben die Mädchen die Strohballen an die Wand zurück. Dann treten sie aus dem Halbdunkel der Scheune ins grelle Mittagslicht hinaus. Sie blinzeln und legen die flache Hand an die Stirn, bis sich ihre

Augen an die Helligkeit gewöhnt haben. Dann schauen sie sich an und brechen in schallendes Gelächter aus.

„Meine Güte, sind wir staubig!“, sagt Maike.

„Und voller Stroh. Sogar in den Haaren“, stellt Conny fest. „Und wie das juckt!“

Sie zieht ihr T-Shirt aus der Hose und wischt und zupft daran herum. Goldglänzende Strohstückchen segeln zu Boden.

„Schätze, wir müssen vor dem Mittagessen noch duschen“, sagt Jessica. „Und vielleicht leiht uns Ute eine Kleiderbürste.“

Ein heißer Tag

Die anderen Mädchen wundern sich, dass Jessica und ihre Freundinnen schon wieder nicht am gemeinsamen Ausritt teilnehmen wollen, obwohl das Wetter diesmal so schön ist. Insgeheim bedauern die vier natürlich schon, dass sie nicht mitkönnen. Andererseits freuen sie sich aber auch auf den Voltigierunterricht.

Damit die Zeit schneller vergeht, helfen sie Fritz nach dem Mittagessen im Stall. Dort gibt es immer was zu tun. Meistens sind es Putzarbeiten, die die Mädchen zu Hause niemals freiwillig verrichten würden, hier aber gerne und gewissenhaft erledigen. Als Fritz ihnen vorschlägt, die Futterkrippen gründlich zu reinigen, machen sie sich mit Feuereifer an die Arbeit. Mit einem Staubsauger entfernen sie Krümel und andere lose Futterreste aus den Ecken. Dann wird mit Wasser und Bürste der angetrocknete Schmutz gelöst und mit einem Lumpen weggewischt.

Als die anderen Mädchen mit ihren Ponys von der Weide kommen, um sie für den Ausritt fertig zu machen, hat jede der Freundinnen zwei Futterkrippen sauber gemacht.

„Euch kann man brauchen", sagt Fritz anerkennend. „Die sehen ja aus wie neu! Leider muss ich jetzt weg und kann nicht mit euch zusammen … ihr wisst schon."

Er wagt es nicht, das Wort „Voltigieren" auszusprechen, weil immer wieder Mädchen an ihnen vorbeigehen, um Sättel und Zaumzeuge aus der Sattelkammer zu holen. Schließlich soll ja niemand wissen, was sie vorhaben.

„Ute hat uns schon erzählt, dass du heute jemanden besuchen willst", sagt Jessica.

„Einen ehemaligen Schulkameraden", nickt Fritz. Er sieht auf einmal traurig aus. „Geht ihm zur Zeit nicht besonders gut. Will versuchen, ihn ein bisschen aufzuheitern."

Mit diesen Worten wendet sich Fritz von den Mädchen ab und schlurft davon.

Jessica, Alex, Conny und Maike spülen Lumpen und Bürsten unter fließendem Wasser aus und legen sie zum Trocknen auf das Fensterbrett neben dem Waschtrog. Dann warten sie voller Ungeduld darauf, dass die anderen Mädchen verschwinden.

Endlich hören sie vom Hof her Michaels Stimme, der das Kommando zum Aufsitzen gibt. Kurze Zeit später ertönt das Klappern von Hufen, das sich langsam entfernt.

Jessica holt Norris' Führstrick, dann machen sich die Mädchen auf den Weg zur Weide, um das Pony zu holen.

Norris steht friedlich grasend neben Amica und Tinker Bell im Schatten eines Baumes. Die Tiere schütteln immer wieder die Köpfe, dass die Mähnen nur so fliegen, und schlagen mit den Schweifen gegen die Flanken.

„Kaum ist es warm, werden die armen Ponys schon wieder von Mücken und Bremsen geplagt", sagt Maike mitleidig.

Die Mädchen schlüpfen zwischen den Latten des Weidezaunes hindurch und gehen über den federnden Grasboden auf Norris zu. Das Pony hebt den Kopf und schaut mit gespitzten Ohren zu ihnen herüber. Es schüttelt sich heftig, wobei ein dunkler Fliegenschwarm aufsteigt. Dann frisst es weiter, wobei es sich wie zufällig von den Mädchen fortbewegt.

„So ein Gauner“, lacht Conny. „Er weiß genau, dass wir ihn holen wollen. Und da er genauso verfressen ist wie Alex, hat er keine Lust mitzukommen.“

Alex' Augen blitzen vor Empörung. „Erstens bin ich nicht verfressen, und zweitens will er bloß deshalb nicht mit, weil er so faul ist wie du.“

„Du hast's nötig“, gibt Conny zurück. „Du bist doch die Faulste von allen. Du machst nie dein Bett und deine Sachen räumst du auch nie auf.“

„Ich räume meine Sachen immer auf!“

„Dass ich nicht lache! Deine Reisetasche ähnelt einem Wühltisch im Kaufhaus, und drumherum liegt lauter Wäsche auf dem Boden. Wenn du nur mal alles in den Schrank tätest.“

„Das kann ich ja nicht. Der ist mit deinen stinkenden Klamotten voll gestopft.“

„Meine Klamotten stinken nicht!“

Jessica und Maike lassen Conny und Alex weiterstreiten und fangen unterdessen Norris ein. Jessica befestigt den Führstrick an seinem Halfter und führt ihn zum Ausgang der Weide.

Norris folgt nur widerwillig. Immer wieder bleibt er stehen, um ein Grasbüschel abzurupfen, als befürchte er, lange Zeit nichts mehr zu fressen zu bekommen. Manchmal hält er auch ganz plötzlich an, um mit einem Hinterbein nach einer Bremse an seinem Bauch zu treten oder mit dem Maul nach einem der Blutsauger auf seiner Brust zu schnappen.

Maike öffnet das Gattertor und lässt Jessica und Norris hinaus. Jessica wartet, bis Maike das Tor wieder verschlossen hat. Sie hört das atemlose Gelächter von Alex und Conny und schaut zu ihnen hinüber. Conny rennt Haken schlagend über die Weide, während Alex versucht, sie zu erwischen. Jessica grinst. Sie weiß, dass Conny schneller und ausdauernder ist und dass Alex sie nie einholen wird.

Als Alex merkt, dass Jessica und Maike schon auf dem Weg zum Hof sind, bricht sie ihre Verfolgungsjagd ab.

„Halt, wartet auf mich", ruft sie. „Ihr könnt mich doch nicht mit diesem Monster allein auf der Weide lassen!"

„Doch, können wir", ruft Jessica lachend über ihre Schulter zurück.

Als Alex und Conny Jessica und Maike eingeholt haben, sind sie völlig verschwitzt und ringen nach Luft.

„Puh, ist mir heiß", sagt Alex und wischt sich über die nasse Stirn. „Hoffentlich müssen wir bei Ute nachher zum Aufwärmen nicht nochmal rennen."

„Bestimmt müssen wir das", sagt Maike fröhlich. „Und wie's aussieht, werde ich diesmal nicht die Langsamste sein."

Zwanzig Minuten später ist Norris geputzt und aufgezäumt. Jessica befestigt die Longe am Trensenring und führt Norris auf den Hof. Vom Wohnhaus her ertönt aufgeregtes Hundegebell. Als Ute die Haustür öffnet, zwängt sich Pepsy an ihr vorbei und springt schwanzwedelnd die Stufen hinunter. Er jagt einmal um den Hof und dann unter Norris' Bauch hindurch. Er hat keinen Respekt mehr vor den Ponys, und eigentlich ist es erstaunlich, dass er nicht schon längst von einem von ihnen getreten worden ist.

Ute überprüft den Sitz des Voltigiergurts. Sie nickt zufrieden und nimmt Alex die lange Peitsche ab.

„Dann mal los“, sagt sie. „Ich bin schon sehr gespannt, was Fritz euch beigebracht hat.“

Jessica zupft an der Longe, um Norris zum Mitkommen zu bewegen. Gemächlich gehen sie zur Halle. Norris hat den Kopf gesenkt und die Augen halb geschlossen. Er sieht aus, als schliefe er im Gehen.

Ute hat den Hallenschlüssel dabei und ist dazu bereit, den Eingang von innen abzuschließen, damit sie von niemandem überrascht werden können. Genau wie Fritz lässt sie Norris zum Lösen erst eine Weile im Schritt und Trab an der Longe gehen, während die Mädchen Übungen zum Aufwärmen machen. Zu Alex' Verdruss gehören tatsächlich zwei Runden Laufen dazu, doch strengt sie sich an, nicht hinter Maike zurückzufallen, die sich ihrerseits alle Mühe gibt, Alex zu überholen.

Jessica wischt sich den Schweiß von der Stirn. In der Halle ist es warm und stickig. Da sie den Eingang verschlossen haben, regt sich nicht das kleinste Lüftchen. Zwar sind die Fenster alle gekippt, aber sie sind klein und weit oben, so dass kein Luftzug zu ihnen herunter dringt. Aufgewirbelter Staub vom Hallenboden hängt träge in der Luft, als habe er nicht die geringste Lust, sich wieder abzusetzen.

Nach der Gymnastik stellen sich die Mädchen der Größe nach auf, ohne dass Ute etwas zu sagen braucht. Ute lächelt und nickt anerkennend. Mit einem leisen Schnalzen ihrer Peitsche lässt sie Norris angaloppieren. Als sein Galopp ruhig und gleichmäßig geworden ist, darf er wieder Schritt gehen. Norris macht den Hals rund und beginnt auf seinem Mundstück herumzukauen. Ute winkt Jessica zu sich her. Der Voltigierunterricht beginnt.

Heimliche Zuschauer

In den folgenden Tagen nehmen die Mädchen jede Gelegenheit wahr, das Voltigieren zu trainieren. Sie wiederholen die schwierigen Übungen auf den zusammengeschobenen Stühlen in ihrem Zimmer oder auf den Strohballen in der Scheune zu zweit oder zu dritt. Auch bei ihren Ausritten, die sie nur noch alleine unternehmen, denken sie ans Voltigieren: Sobald sie auf dem Boden einen dicken Baumstamm entdecken, steigen sie ab und machen darauf ihre Übungen.

Natürlich ist es etwas ganz anderes, die Übungen auf einem Pony zu machen, das sich bewegt, das mal langsamer, mal schneller läuft oder hin und wieder stolpert. Zwar klappt im Schritt bald alles hervorragend, aber im Galopp haben die Mädchen immer noch einige Probleme. Außerdem schafft es Maike einfach nicht, alleine auf Norris' Rücken hinaufzukommen.

Vier Tage vor dem Sommerfest laufen die Vorbereitungen auf vollen Touren. Alles muss auf Hochglanz gebracht werden, da die Besucher auch die Wohn- und Stallgebäude besichtigen dürfen. Alle Mädchen sind mit

Feuereifer dabei. Fast den ganzen Tag lang putzen sie die Fenster im Stall, entfernen Spinnweben, schrubben die Wände der Pferdeboxen und stauben die Sattelkammer ab. Damit der Voltigiergurt bei der Putzaktion nicht entdeckt wird, haben ihn die vier Freundinnen schon am Tag zuvor mühsam auf den Dachboden verfrachtet, ihn in eine Decke gehüllt und in der Nähe der Leiter abgelegt.

Drei Tage vor dem Fest kommt ein weißer Lieferwagen auf den Hof gefahren. Neugierig versammeln sich die Mädchen um die Tür zum Laderaum und beobachten, wie der Fahrer eine riesige Kiste auslädt. Pepsy macht sich wichtig und bellt den Mann kräftig an, wobei er jedoch vorsichtshalber in sicherer Entfernung bleibt.

Ute kommt aus dem Haus und befiehlt Pepsy, sich zu setzen und ruhig zu sein. Mit einem enttäuschten Jaulen gehorcht der Hund. Ute unterschreibt den Lieferschein, dann beugt sie sich stirnrunzelnd über den riesigen Karton und studiert den Absender.

„Das Paket ist für dich, Sofie", sagt sie. „Von deiner Mutter."

Sofie strahlt. „Da sind bestimmt die Kostüme drin, die Mama uns versprochen hat", sagt sie, wobei sie das Wort Mama auf der zweiten Silbe betont, sodass es sich ziemlich gestelzt anhört.

„Los, mach mal auf", drängt Nadja.

„Doch nicht hier draußen", sagt Sofie.

„Ach, komm schon", bettelt Nadja. „Ich geb dir auch mein Taschenmesser für die Klebestreifen."

Mit kräftiger Unterstützung der anderen Mädchen überredet sie schließlich Sofie, das Paket sofort zu öffnen. Sofie schneidet die Klebestreifen extra langsam auf und klappt bedächtig die Deckel des Kartons auseinander. Sie genießt es sichtlich, die anderen vor Neugier zappeln zu lassen.

Was Sofie kurz darauf aus dem Karton zaubert, verschlägt selbst Ute die Sprache. Es sind bodenlange, weit schwingende Kleider aus schimmernder Seide. Das erste ist leuchtend rot, das zweite himmelblau, das dritte sonnengelb und das vierte tannengrün. Dazu gehören weite Umhänge aus einem golden glänzenden, samtartigen Material, vergoldete Haarspangen und lange bunte Bänder. Maike streckt die Hand nach dem fließenden Seidenstoff aus, doch Sofie fährt sie in einem giftigen Ton an: „Finger weg!"

Maike zuckt erschrocken zurück, als habe sie eine heiße Herdplatte berührt.

Alex' Augen werden zu schmalen Schlitzen, ein Zeichen, dass sie wütend ist. „Das Zeug da sieht mit Reitstiefeln zusammen bestimmt ulkig aus", sagt sie höhnisch zu Sofie. „Außerdem ist Fasching doch schon längst vorbei."

Die Mädchen lachen; der Bann ist gebrochen. Einige wenden sich ab und schlendern davon. Sofie beugt sich über die Kiste und kramt darin herum.

„Mama hat uns bestimmt auch passende Schuhe geschickt!", sagt sie voller Überzeugung.

Alex macht eine wegwerfende Handbewegung und eilt Jessica und Conny hinterher. Sie haben vor, auf den Strohballen in der Scheune die Voltigierübungen zu trainieren, die immer noch nicht richtig klappen. Bis auf das Aufspringen natürlich, denn das ist ihnen seit Maikes Sturz zu gefährlich.

„Wo ist denn eigentlich Maike?", fragt Alex, als sie die beiden eingeholt hat.

„Sie wollte nur nochmal kurz ins Zimmer, um sich die Haare zusammenzubinden", sagt Jessica. „Sie kommt gleich nach."

Tatsächlich dauert es nicht lange, bis sich Maike zu ihnen gesellt. „Ich habe gerade Sofie und ihre Freundinnen belauscht", sagt sie.

Alex zieht die Augenbrauen hoch. „So? Sag bloß, die haben was Interessantes von sich gegeben."

„Sie haben gesagt, dass sie jetzt gleich die Kostüme anprobieren und darin reiten wollen. Wenn wir doch nur mal Mäuschen spielen und zuschauen könnten!"

„Hm." Alex kratzt sich nachdenklich am Kopf. „Vielleicht können wir uns ja in der Halle verstecken, bevor sie kommen."

„Au ja!", ruft Maike und klatscht in die Hände. „Los, kommt, das machen wir!"

Jessica lacht über Maikes Begeisterung. „Langsam, langsam", sagt sie und hebt abwehrend die Hände. „Erst müssen wir mal schauen, ob es dort überhaupt ein geeignetes Versteck gibt."

Die Mädchen schleichen sich vorsichtig zur Rückseite der Reithalle. Nachdem sie sich vergewissert haben, dass niemand in der Nähe ist, biegen sie um die Ecke und spurten zum Eingang.

Die Hallentür steht weit offen. Mit klopfendem Herzen bleiben sie stehen und horchen. Bis auf ihr eigenes heftiges Atmen ist nichts zu hören. Dann spähen sie vorsichtig in die Halle. Sie ist leer.

Die Freundinnen gehen hinein und sehen sich um.

Conny zeigt zur Tribüne hinauf. „Ich glaube, das ist der einzige Ort, wo wir uns vielleicht verstecken könnten", sagt sie.

Die Tribüne befindet sich an der Schmalseite der Halle etwa zwei Meter über dem Boden und hat zur Absicherung ein einfaches Geländer. Fünf Reihen aus langen Holzbänken sind ähnlich wie im Kino aufsteigend angeordnet.

„Am besten, wir probieren es mal aus", sagt Jessica. „Versteckt euch mal da oben. Ich bleib hier und schau, ob ich euch sehen kann."

Leider stellt sich heraus, dass die Tribüne als Versteck nicht gut geeignet ist. Egal, wo und wie tief sich die Mädchen dort oben ducken, Jessica kann sie immer noch sehen. Selbst als sie sich der Länge nach auf den Boden legen, sind sie noch zu entdecken. Schließlich winkt Jessica ab und steigt die Holzstufen zu ihren Freundinnen hinauf. Sie setzen sich gemeinsam auf die hinterste Bank, um sich zu beraten.

„Könnte es nicht sein, dass die vier gar nicht zur Tribüne hochschauen?", fragt Maike, die nicht so leicht aufgeben will. „Ich meine, warum sollten sie? Wenn wir ganz still sind ... Aber ein Risiko wäre es natürlich schon."

„Was heißt hier Risiko?", sagt Alex. „Wenn sie uns entdecken, können sie uns eigentlich nur verjagen. Dann wären wir so schlau wie vorher, aber wir hätten es wenigstens versucht."

„Stimmt", sagt Maike und nickt, dass ihr dunkelblonder Pferdeschwanz nur so wippt.

„Vielleicht wäre es besser, wenn ich draußen warten würde", sagt Conny, der die ganze Sache offensichtlich nicht geheuer ist.

„Angsthase", sagt Alex verächtlich. „Dann verschwinde eben."

Conny steht auf und geht zur Treppe.

„Warte, ich geh mit!", ruft Maike.

„Ich auch", sagt Jessica.

„Mann, seid ihr doof", sagt Alex enttäuscht. „Alleine will ich auch nicht hier bleiben. Na gut, gehen wir eben."

Conny ist schon auf dem Weg nach unten, als sie plötzlich stehen bleibt und horcht. Dann macht sie kehrt und hastet zu ihren Freundinnen zurück.

„Da kommt wer!", zischt sie.

Alle vier schleichen auf Zehenspitzen zur letzten Reihe zurück und legen sich dort flach auf den Boden. Jessica hört Schritte, die sich dem Halleneingang nähern. Dann poltert jemand die Treppe zur Tribüne hinauf. Zwischen den Bankreihen taucht der Saum eines bodenlangen roten Kleides auf. Der Saum hebt sich, als sich die Trägerin des Kleides vorbeugt, um ein schwarzes, kastenartiges Gerät vor dem Geländer abzustellen und ein Kabel mit der Steckdose neben dem Treppenaufgang zu verbinden. Goldfarbene Schnürsandalen mit kleinen Absätzen blitzen darunter hervor.

Hat Sofies Mutter also tatsächlich auch passende Schuhe geschickt, schießt es Jessica durch den Kopf.

Jetzt hört Jessica das Klappern von Hufen und laute Stimmen. Das Mädchen im roten Kleid beugt sich über das Geländer und ruft zum Eingang hin: „Wartet mit den Ponys vor der Tür! Wir steigen draußen auf, sonst kriegen wir den ganzen Dreck vom Hallenboden in die Schuhe."

Das war Sofies Stimme! Mit klopfendem Herzen macht sich Jessica so platt wie möglich und hofft, dass Sofie nicht auf die Idee kommt, sich auf der Tribüne umzusehen. Doch Sofie rafft nur ihren Rock zusammen und geht die Stufen wieder hinunter.

„Hilf mir mal beim Aufsitzen", hört Jessica Sofie sagen. „Mit dem Kleid geht es so schlecht und Sahib will einfach nicht stehen bleiben. – Okay, ich bin oben. Ines, du schließt hinter uns die Tür ab. Das müsstest du vom Sattel aus eigentlich schaffen."

„Dürfen wir zuschauen?", hört Jessica Nadjas Stimme.

„Immerhin haben wir euch die Ponys gesattelt und hergebracht", sagt ein anderes Mädchen.

„Tut mir Leid, aber das geht nicht", sagt Sofie, doch es hört sich kein bisschen so an, als ob es ihr Leid täte.

„Ooch, bitte", sagt Nadja enttäuscht.

„Nein", sagt Sofie mit einer Stimme, die keine Widerrede duldet.

Jessica beobachtet, wie Sofie, Gudrun und Caroline zur Hallenmitte reiten, wo sie warten, bis Ines die Tür abgeschlossen hat. Derweil zupfen sie an ihrer Kleidung herum, bis alle Falten richtig liegen und die weiten Umhänge gleichmäßig die Ponyrücken bedecken.

Dann reitet Sofie auf Michaels herrlichem Araber auf die Tribüne zu. Jessica stockt der Atem, als Sofie lächelnd den Blick über die Sitzreihen schweifen lässt, als stelle sie sich vor, dass dort ein hingerissenes Publikum sitze.

Wenn dies eine Filmszene wäre, schießt es Jessica durch den Kopf, dann müsste nun eine von uns niesen.

Fast augenblicklich spürt sie ein unangenehmes Kribbeln in der Nase.

Du bildest dir das nur ein, denkt Jessica, drückt einen Finger auf die kitzelnde Stelle und versucht verzweifelt, an etwas anderes zu denken. Trotzdem wird der Niesreiz immer stärker, bis sie ihn kaum mehr unterdrücken kann und sich ihre Augen mit Tränen füllen. Verschwommen nimmt sie wahr, wie Sofie ihre Hand nach dem schwarzen Gerät ausstreckt, das sie auf die Tribüne gestellt hat, und auf einen Schalter drückt.

Zuerst hört Jessica ein leises Rauschen, dann erfüllt jubelnde Geigenmusik die Halle und übertönt Jessicas befreiendes Niesen.

Sofie reitet zu ihren Freundinnen zurück und richtet Sahib so aus, dass er und die drei Ponys nebeneinander in einer Reihe stehen.

Als ein Paukenschlag ertönt, traben Sofie und ihre Freundinnen gleichzeitig an. Kurz vor der Bande teilen sie sich und reiten in Zweiergruppen jeweils nach rechts und links. Auf der gegenüberliegenden Seite treffen sie sich wieder, biegen ab und reiten nochmals zu viert nebeneinander durch die Mitte der Bahn. Diesmal teilen sie sich jedoch nicht, sondern biegen alle gleichzeitig nach links auf den Hufschlag ab, so dass sie in einer Reihe hintereinander herreiten. Dann machen sie gleichzeitig eine Volte. Bei allen wird es ein perfekter kleiner Kreis, und als sie wieder auf dem Hufschlag ankommen, galoppieren die Ponys wie von selbst an.

Plötzlich ändert sich die Musik. Sie wird langsamer, leiser und trauriger, und statt der Geigen spielt ein sanftes Waldhorn die Melodie. Die Mädchen parieren durch, reiten Schritt und halten an. Dann wenden sie auf der Hinterhand.

Jessica ist hingerissen von der Vorstellung, aber gleichzeitig auch neidisch. Sie schaut sich nach Conny um, die den Mund vor Staunen gar nicht mehr zubekommt. Alex dagegen sieht ziemlich verbissen aus, ein Zeichen dafür, dass sie das, was Sofie und ihre Freundinnen da zeigen, viel zu gut findet. Da Maike vor Jessica auf dem Boden liegt, kann sie ihr Gesicht nicht sehen, aber Jessica nimmt an, dass sie ebenfalls beeindruckt ist.

Jetzt reiten Sofie und ihre Freundinnen quer durch die Halle, aneinander vorbei und umeinander herum. Sie treffen sich und trennen sich wieder, wechseln die Gangarten und reiten verschiedene Figuren. Sahib und die Ponys sind gelöst und aufmerksam. Ganz selten nur kommt es zu kleinen Fehlern. Als die Musik zu Ende ist und der Schlussakkord erklingt, stehen die vier Ponys wie am Anfang genau nebeneinander ausgerichtet vor der Tribüne. Dann verbeugen sich die Reiterinnen lächelnd, als wären die Bänke tatsächlich voller Zuschauer.

„Eingebildete Puten“, hört Jessica Alex zischen, dem ein leises „Pssst“ von Conny folgt.

„Das hat ja ganz gut geklappt“, sagt Ines und schaut zu Sofie hinüber. „Sollen wir's nochmal machen?“

„Nein, lieber nicht. Mein Kleid ist jetzt schon ganz staubig."

Ines schaut an sich hinunter und wischt mit der Hand über den glänzenden Stoff. „Stimmt", sagt sie.

„Aber wir könnten uns umziehen und dann nochmal üben", sagt Sofie. „Bestimmt finden wir wieder ein paar Dumme, die uns solange die Ponys halten. Schließ mal auf, damit wir rausreiten können."

Während Ines zum Ausgang reitet, sagt Gudrun: „Würde mich echt mal interessieren, was diese freche Alex und ihre Freundinnen bei der Vorführung machen wollen."

„Bestimmt nichts Besonderes", sagt Sofie voller Überzeugung. „Außer Jessica kann keine von denen besonders gut reiten, vor allem die Dicke mit der Brille nicht. Die ist ja total unsportlich."

Jessica sieht, wie Maike zusammenzuckt. Wie gemein Sofie doch ist! Jessica streckt die Hand aus und legt sie sanft auf Maikes Bein.

Inzwischen hat Ines das Hallentor geöffnet und die Mädchen reiten hinaus.

Kriegsrat

Jessica wartet, bis das Klappern der Hufe leiser geworden ist, dann steht sie auf, bedeutet den anderen liegen zu bleiben und schleicht leise die Treppe hinunter. Vorsichtig späht sie zur Hallentür hinaus. Bis auf Sofie und ihre Freundinnen, die soeben hinter dem Wohnhaus verschwinden, ist niemand zu sehen oder zu hören. Sie geht in die Halle zurück und ruft zur Tribüne hinauf: „Los, kommt, die Luft ist rein. Wir haben genug gesehen. Hauen wir ab, bevor sie zurückkommen!"

Alex und Conny laufen polternd die Treppe hinunter. Maike kommt mit hängendem Kopf langsam hinterher. Sie macht einen völlig niedergeschlagenen Eindruck und kämpft mit den Tränen. Jessica kann sich denken, dass Sofies Bemerkung sie sehr getroffen hat. Maike hat schon öfter angedeutet, dass sie sich zu dick findet, obwohl das gar nicht stimmt. Klar, neben der dünnen Conny und der schmächtigen Alex wirkt Maike tatsächlich etwas füllig, aber eigentlich ist ihre Figur ganz okay. Und was die Sportlichkeit anbelangt, hat Jessica festgestellt, dass Maike sich zwar nicht besonders elegant bewegt und wenig Ausdauer hat, dafür umso mehr Kraft. Und ein guter Kumpel ist sie allemal, und das ist sowieso am wichtigsten.

Jessica legt tröstend den Arm um Maikes Schulter. „Hör bloß nicht auf die blöde Schnepfe“, sagt sie. „Die macht sich doch sowieso über jeden lustig.“

„Stimmt“, sagt Alex und klopft Maike aufmunternd auf den Rücken. „Wenn du wüsstest, was die über mich schon alles verzapft hat … Wenn ich mir das alles zu Herzen nehmen würde, könntest du mich irgendwo als Trauerweide einpflanzen.“

Über Maikes Wangen rollen auf einmal Tränen. „Dabei habe ich ihr doch noch nie was getan“, schluchzt sie.

„Tja, das war eben ein Fehler“, sagt Alex. „Deshalb hat sie keinen Respekt vor dir.“

Conny tritt schon die ganze Zeit über von einem Bein aufs andere. „Ich finde, wir sollten uns aus dem Staub machen“, sagt sie nun und schaut nervös zur Hallentür hinaus. „Über Sofie können wir auch später noch lästern.“

„Ist die Luft rein?“, fragt Alex.

Als Conny nickt, flitzen die Mädchen ins Freie. Um niemandem zu begegnen, schlagen sie den Weg zur Weide ein, wo sie auf den Zaun klettern und sich auf die obere Latte setzen. Sie beobachten Norris und Crispin, die im Schatten eines alten Birnbaums mit hängenden Köpfen nebeneinander stehen und dösen. Hin und wieder zucken sie mit dem Fell oder verscheuchen mit dem Schweif die lästigen Fliegen.

„Das war schon verdammt gut, was die da eben gezeigt haben“, sagt Conny.

„Ja, leider“, seufzt Alex und fügt nach einer kurzen Pause hinzu: „Und habt ihr gehört, was Sofie gesagt hat? Dass wir bestimmt nichts Besonderes auf die Reihe kriegen?“

Als die drei anderen nicken, fährt sie fort: „Am meisten wurmt mich, dass sie damit wahrscheinlich sogar richtig liegt.“

„Weil ich so fett und unsportlich bin", sagt Maike betrübt.

„Du bist überhaupt nicht unsportlich", sagt Jessica. „Du hast zum Beispiel unwahrscheinlich viel Kraft. Findet ihr nicht auch?"

Sie schaut Alex und Conny an. Die beiden nicken um die Wette.

„Vielleicht", sagt Maike ohne Überzeugung. „Aber was nützt das schon? Ich komm ja nicht mal alleine aufs Pferd, und in den zwei Tagen, die uns noch bleiben, lern ich das garantiert nicht mehr."

„Uns macht es nichts aus, dir hochzuhelfen", versichert ihr Jessica.

„Aber mir macht es was aus", flüstert Maike.

Eine Weile starren die Mädchen schweigend auf den Boden.

„Wir müssen unsere Vorstellung irgendwie umbauen", sagt Conny nachdenklich. „Am besten so, dass du gar nicht aufspringen musst."

„Du meinst, ich soll gar nicht erst mitmachen?", fragt Maike mit belegter Stimme. „Ist mir auch recht."

„Nein, das meine ich natürlich nicht!", sagt Conny.

„Maike könnte doch auf Norris einreiten", schlägt Jessica vor, „und dann einfach auf ihm sitzen bleiben, bis wir alle Übungen gemacht haben, zu denen wir sie brauchen."

„Genau!", ruft Alex. „Die Idee ist cool. Könnte glatt von mir sein." Sie nickt anerkennend und klopft Jessica so kräftig auf den Rücken, dass Jessica das Gleichgewicht verliert und vom Zaun auf den Boden rutscht.

„Oh, sorry!", sagt Alex schelmisch grinsend und streckt Jessica die Hand hin, um ihr wieder hinaufzuhelfen.

Jessica weiß, dass Alex sie absichtlich vom Zaun gestoßen hat, sagt aber nur: „Macht nichts", und nimmt die dargebotene Hand. Doch statt auf den Zaun zu klettern, zieht sie Alex mit einem käftigen Ruck zu sich herunter. Alex, die darauf nicht gefasst war, fällt nach vorne und landet auf Händen und Knien im Gras. Conny und Maike lachen prustend los. Dann rutschen sie vorsichtshalber selbst vom Zaun, denn Alex ist aufgestanden und dreht sich mit drohendem Blick zu ihnen um.

Conny streckt lachend die Hände vor und sagt: „Frieden! Ich erzähl dir auch einen Witz."

„Okay", sagt Alex. „Aber es muss schon ein besonders guter sein."

„Also: ‚Was wünschst du dir denn zum Geburtstag?', fragt Ernas Vater.

‚Ein Pony, Papa.'

‚Nein, das geht nicht', sagt Ernas Vater.

‚Dann will ich einen Tag lang Mami sein.'

Am Geburtstag zieht Erna das Kostüm ihrer Mutter an, geht zu ihrem Vater und sagt: ‚Los, Otto, wir kaufen jetzt ein Pony für Erna.'"

Wie immer bringt es Conny fertig, den Witz auf so lustige Weise zu erzählen, dass Alex in schallendes Gelächter ausbricht. „Der Witz ist echt gut, den muss ich mir merken", japst sie. „Äh … Wie fing er gleich nochmal an?"

Die Mädchen müssen aufpassen, dass sie vor Lachen nicht vom Zaun fallen. Als sie sich wieder einigermaßen beruhigt haben, sagt Jessica: „Kommt, lasst uns zurück aufs Zimmer gehen, damit wir unseren Auftritt neu planen können."

„Das können wir doch auch hier machen", sagt Alex.

„Wenn du was zum Schreiben dabei hast …"

„Nee, hab ich nicht."

Während sie zum Wohnhaus schlendern, sagt Conny: „Ich finde, dass wir für unseren Auftritt ebenfalls Musik haben sollten. Und ein paar coole Klamotten wären auch nicht schlecht."

„Wir könnten uns doch als Indianer verkleiden“, schlägt Maike vor und schaut erwartungsvoll von einem Mädchen zum anderen. „Das würde doch passen, oder?“

Alex verdreht die Augen und auch Conny und Jessica sehen nicht gerade begeistert aus.

„Dann hast du ja sicher Hirschlederleggings mit Fransen und Federschmuck dabei“, sagt Alex, „oder wenigstens ein paar Bärenfelle und Kriegsbeile.“

Maike schüttelt den Kopf. „Nein. Aber vielleicht gibt es hier in der Nähe einen Kostümverleih.“

Inzwischen haben die Mädchen das Wohnhaus erreicht. Maike ist als Erste durch die Tür und steuert sofort das Schränkchen an, auf dem das Telefon steht. Dort holt sie das Branchenverzeichnis hervor und sucht darin nach einem Kostümverleih. Zu ihrem größten Bedauern und zur Erleichterung der drei anderen Mädchen scheint es in der ganzen Gegend keinen zu geben.

Trotzdem findet Jessica die Idee, sich zu verkleiden, nicht schlecht. Nachdenklich geht sie hinter den anderen die Treppe zu ihrem Zimmer hinauf. Wie immer knarren dabei ein paar Stufen. Wie auf einem Schiff, denkt sie plötzlich und ruft: „Ich hab's!“

Alex dreht sich zu ihr um. „Was hast du?“

„Das sag ich euch lieber erst, wenn wir im Zimmer sind und niemand anders mithören kann.“

Kaum hat Jessica die Tür hinter sich geschlossen, sagt sie aufgeregt: „Piraten! Wir verkleiden uns als Piraten! Dazu brauchen wir nur Jeans, ein T-Shirt oder ein Hemd und ein Kopftuch oder so was.“

„Genial!“, ruft Alex und lässt sich sofort vor ihrer Tasche auf die Knie fallen, um nach geeigneten Kleidungsstücken zu wühlen. Sie zieht ein ehemals weißes T-Shirt heraus, das inzwischen jedoch einige Flecken hat, dreht sich zu Jessica um und sagt: „Hast du wieder deine Stifte dabei? Ich würde da gerne einen Totenkopf draufmalen."

Auch Conny und sogar Maike finden, dass es eine gute Idee ist, als Piraten aufzutreten. Da ist es nicht so schlimm, wenn eine Übung nicht so gut gelingt wie geplant, und um elegant gestreckte Arme und Beine brauchen sie sich dann auch nicht zu kümmern. Leider haben sie keine Tücher dabei, die sie sich um den Kopf oder die Hüften binden könnten. Deshalb bitten sie Ute um Hilfe, die ihnen daraufhin einen ganzen Berg alter Tücher und Stoffreste bringt.

Jetzt brauchen die Mädchen nur noch passende Musik. Es dauert eine halbe Stunde, bis sie sich Connys CDs im Schnelldurchlauf angehört haben und sich für ein paar fetzige Titel entschieden haben. Sie bitten Ute, die Stücke auf eine Kassette zu überspielen, und Ute ist gerne bereit, es zu tun.

Inzwischen überlegen die Mädchen, welche Übungen sie in welcher Reihenfolge machen sollen. Jessica notiert alle Vorschläge, stellt sie um, streicht einige durch und fügt andere hinzu. Als endlich alle mit dem Programm einverstanden sind, schreibt Jessica alles nochmal ins Reine und liest es anschließend vor: „Maike reitet auf Norris ein. Fritz geht mit Peitsche und Longe hinterher. Während wir von drei Seiten auf den Platz rennen, zeigt Maike ein paar einfache Grundübungen wie Mühle, Fahne oder Schere. Dann beginnen wir mit den Zweierübungen. Dabei bleibt Maike immer sitzen, während wir abwechselnd hinter ihr aufspringen und Folgendes machen: Maike kniet, ich stehe. Conny macht auf Maike den Schultersitz. Maike sitzt, Alex kniet auf Maikes Schultern und beide strecken die Arme zur Seite."

„Aber nur, wenn Alex mit den Schenkeln nicht wieder fast meine Ohren abklemmt", unterbricht sie Maike.

„Irgendwie muss ich mich ja festklammern", wirft Alex ein.

„Ruhe jetzt", sagt Jessica und fährt fort: „Maike macht den Schneidersitz, ich mache hinter ihr die Standwaage. Conny und Maike machen die Doppelfahne. Dann springt Alex über Maikes äußere Schulter auf den Boden und rollt sich ab."

„Falls ich mich traue", unterbricht sie Alex.

„Klar traust du dich", sagt Jessica ungerührt und fährt mit der Aufzählung der Zweierübungen fort. Dann kommen die Dreierübungen an die Reihe: „Maike sitzt, ich knie, Conny steht. Maike und ich machen den Doppelkosakenhang und Alex macht den Schulterstand. Maike und ich sitzen und halten Alex wie einen fliegenden Engel über unseren Köpfen in der Luft. Dann springen wir alle ab und Conny zeigt ihre Spezialität: Seilspringen auf dem Pferderücken."

Conny lächelt stolz, denn das Seilspringen schafft nur sie.

Jessica schaut von ihrem Blatt auf. „Zum Schluss kommt deine Überraschung, Alex. Willst du uns wirklich nicht sagen, was du vorhast?"

Alex lächelt geheimnisvoll und schüttelt den Kopf.

Jessica seufzt. Dann fügt sie hinzu: „Wenn möglich, machen wir natürlich alles im Galopp. Die meisten Sachen klappen ja schon ganz gut, und die wackeligen müssen wir eben noch üben."

Letzte Vorbereitungen und erste Besucher

Die restlichen beiden Tage vergehen wie im Flug. Zum Glück bleibt das Wetter schön, und auch der Tag des Sommerfests verspricht warm und trocken zu werden. In Hirschberg und den Nachbargemeinden hängen große Plakate, die die Mädchen gestaltet haben. Selbst in der Zeitung stand ein Artikel über das Fest. Michael und ein paar seiner Freunde haben aus Stangen und Zeltplanen Buden gebaut, in denen Würstchen gegrillt und Waffeln gebacken werden sollen. Ein Getränkelieferant hat Limo, Saft, Wasser und, natürlich nur für die Erwachsenen, Bier gebracht, außerdem einen riesigen Berg Klapptische und Bänke. Das Haus, der Stall, der Hof und sogar die Reithalle sind sauber geputzt und mit Palmen und blühenden Kübelpflanzen, die Ute bei einem Gärtner ausgeliehen hat, sommerlich geschmückt.

Dann werden die Aufgaben verteilt. Die vier Freundinnen sollen das Ponyreiten für Kinder übernehmen, da ihre Ponys für die Aufführung am Nachmittag nicht gebraucht werden. Darüber freuen sich die Mädchen natürlich, denn Ponys herumführen macht ihrer Meinung nach mehr Spaß als beispielsweise Kaffee und Kuchen verkaufen.

Am anderen Morgen werden neben dem Reitplatz die Klapptische aufgestellt, mit blauen Tischdecken versehen und mit kleinen Sträußen aus bunten Wiesenblumen geschmückt. Die Mädchen wuseln aufgeregt hin und her, bringen ihre Ponys ein letztes Mal auf Hochglanz, helfen beim Anrühren des Waffelteigs oder beim Salatputzen, tragen Geschirr und Gläser zu den Buden und bereiten Kinderspiele wie Dosenwerfen oder Stelzenlaufen vor.

Das warme Mittagessen fällt an diesem Tag aus, da Ute keine Zeit zum Kochen hat. Stattdessen stellt sie eine große Platte mit belegten Broten und Butterbrezeln ins Freie, wo sich die Mädchen nach Belieben bedienen können, wann immer sie Hunger und Zeit zum Essen haben. Damit Pepsy sich nicht an die verführerischen Brote heranmacht, wird der arme Kerl in Horsts Arbeitszimmer gesperrt, bis die Platte leer gegessen ist.

„Könntet ihr bitte mal eure Ponys fürs Kinderreiten fertig machen?“, fragt Ute die vier Freundinnen im Vorbeigehen. Mit einer fahrigen Handbewegung streicht sie sich ein paar Haarsträhnen aus dem Gesicht, die sich aus dem Kamm am Hinterkopf gelöst haben. Sie sieht ziemlich geschafft aus, findet Jessica.

Als Jessica wenig später die gesattelte Amica auf den Hof führt, sieht sie sich neugierig um. Alles ist anders als sonst, geschäftig oder gar chaotisch. Fritz macht sich am Geschirr der Kutsche zu schaffen, während Michael die bereits angespannte Haflingerstute Goldie hält, die aufgeregt mit den Hufen stampft. Theresa läuft hinter Tanja her und ruft: „He, Tanja, warte doch mal!“

Tanja dreht sich um und geht rückwärts weiter. „Ja, was ist?“

„Hast du Ute gesehen? Das Waffeleisen geht nicht. Ich glaube, wir haben keinen Strom.“

„Keine Ahnung, wo sie ist“, sagt Tanja. „Aber vielleicht kann dir Michael weiterhelfen. Sieht so aus, als ob sie mit dem Anspannen fertig sind.“

Michael winkt ab, denn er muss jetzt beim Ausladen der Grillwürste helfen, und so sucht Theresa eben weiter nach Ute.

Die vier Freundinnen sitzen auf und reiten zum Reitplatz. Dort steigen sie wieder ab, lehnen sich gegen die Umzäunung und lassen die Ponys grasen. Sie beobachten Horst, der in der Würstchenbude eine große Propangasflasche an den Grill anschließt. Als er fertig ist, kommt er zu ihnen herüber.

„Die Leute müssen fürs Ponyreiten dort drüben bezahlen.“ Er zeigt auf einen Tisch mit einer Kasse. „Sie bekommen dann einen Schein mit einer Nummer, damit es keinen Streit wegen der Reihenfolge gibt.“

„Ja, das wissen wir schon“, sagt Maike.

„Ihr könnt übrigens jederzeit was zu essen oder zu trinken haben. Umsonst, natürlich.“

„Super“, sagt Alex. „Da hol ich mir gleich eine knusprig gebratene Wurst.“

„Vielleicht wartest du damit besser, bis wir mit dem Grillen angefangen haben“, sagt Horst schmunzelnd.

Nach und nach treffen die ersten Leute ein. Sie schlendern gemächlich an der Grillbude vorbei zur Bonkasse, studieren die Preise für Essen und Trinken und betrachten staunend die vielen leckeren Kuchen, die dicht an dicht auf einem langen Tisch im Schatten von großen Sonnenschirmen stehen. Einige gehen weiter, um die Reithalle zu besichtigen, andere kaufen sich ein Getränk, setzen sich an die einladend geschmückten Tische und warten darauf, dass die ersten Würste und Steaks fertig sind. „Schaut mal, da ist ja Sofies Mutter", sagt Jessica plötzlich. „Wie die wieder aussieht! Aufgedonnert wie 'ne Diva. Und der Typ daneben ist wohl Sofies Vater. Na ja, der sieht wenigstens halbwegs normal aus."

Während Sofies Mutter in einem eng anliegenden roten Kostüm und hochhackigen schwarzen Riemchenschuhen daherstolziert, trägt Sofies Vater eine weite, beige Sommerhose und ein kariertes Hemd mit kurzen Ärmeln.

„Dass die überhaupt gekommen sind", wundert sich Conny. „Meinen Eltern war der Weg hierher jedenfalls zu weit. Dabei hätte ich ihnen so gerne mal den Ponyhof gezeigt."

„Mir ist's lieber so, sonst müsste ich mich heute ja anständig benehmen", sagt Alex augenzwinkernd.

„Ich würde meinen Eltern zwar auch gerne mal den Ponyhof zeigen, aber mir ist's trotzdem lieber, dass sie nicht gekommen sind", sagt Maike.

„Und wieso?", fragt Jessica.

„Wegen unserer Voltigiervorführung. Irgendwie hab ich das Gefühl, dass sie in die Hose geht."

„Ach was", sagt Alex. „Gestern hat doch alles klasse geklappt!"

Maike macht ein abfälliges, grunzendes Geräusch. Dann sagt sie: „Ja, ein einziges Mal. Reiner Zufall. Außerdem sind wir heute auf dem Außenplatz und nicht in der Halle. Und wir haben jede Menge Zuschauer. Da ist Norris bestimmt total aufgeregt und galoppiert nicht so ruhig und gleichmäßig wie in der Halle."

„Ha, da kennst du Norris aber schlecht", sagt Jessica. „Den habe ich wirklich noch nie aufgeregt gesehen."

„Dann ist es heute vielleicht das erste Mal."

„Mensch, Maike, du redest ja schon wie Conny", murrt Alex.

Maike antwortet nicht, sondern starrt nur düster auf den Boden.

„Hey, wo ist deine Abenteuerlust geblieben?", sagt Alex in einem Versuch, Maike aufzumuntern. „Winnetou und Old Shatterhand würden bei so einer popeligen Vorstellung garantiert ganz cool bleiben."

„Ich bin aber nicht Winnetou oder Old Shatterhand", sagt Maike trotzig.

Jessica zieht erstaunt die Augenbrauen hoch. Sonst war es für Maike immer ein tolles Spiel, in die Rolle von Westernhelden zu schlüpfen. Aber seit Sofies abfälliger Bemerkung über Maikes Figur und ihre angebliche Unsportlichkeit hat sich Maike verändert; sie hat nur noch wenig gegessen und war beim Voltigieren nicht mehr so eifrig bei der Sache.

„Wenn wir wenigstens nicht als Letzte auftreten würden", sagt Maike, wobei sie immer noch zu Boden blickt.

„Wieso? Ist doch geil", sagt Alex. „Ute hat ja gesagt, dass unsere Vorstellung genauso gut ist wie Sofies Quadrille. Da war es voll richtig, dass sie das Los entscheiden ließ, finde ich. Wir hatten eben mehr Glück!"

„Ich bin mir nicht so sicher, ob das Glück war", sagt Maike düster.

Alex verdreht die Augen. Sie hat genug von Maikes Schwarzseherei.

„Mmm, ich rieche die Würstchen auf dem Grill", sagt sie, um das Thema zu wechseln. „Mann, hab ich auf einmal Kohldampf!"

Immer mehr Leute kommen auf die Festwiese. An der Kasse mit den Bons und vor den Steak- und Würstchengrills bilden sich lange Schlangen. Vor Begeisterung quietschende Kleinkinder wackeln auf die Ponys zu, um in gebührendem Abstand stehen zu bleiben und die Tiere ehrfurchtsvoll zu bestaunen. Die mutigsten von ihnen kommen näher, um die Ponys zu streicheln oder wenigstens kurz zu berühren. Die älteren Kinder haben meist weniger Hemmungen und liebkosen und tätscheln die Ponys von allen Seiten. Anfangs befürchtet Jessica, dass die Ponys in Panik geraten und ausschlagen könnten, vor allem, da sich viele Kinder von hinten nähern. Aber die Ponys nehmen alles mit erstaunlicher Gelassenheit hin. Sie wenden nur ab und zu die Köpfe, um sich die Kinder etwas genauer anzusehen oder um auf der Suche nach Leckerbissen an ihren Taschen herumzuschnuppern. Dann weichen die Kinder meist ängstlich einige Schritte zurück, weil sie denken, dass die Ponys beißen wollen.

Schon kommt das erste Kind mit einem Bon, um zu reiten. Es ist ein vielleicht sechsjähriges Mädchen mit blonden, dünnen Zöpfchen und mindestens drei Zahnlücken. Jessica hebt es auf Amica hinauf und erklärt ihm, wie es sich am Sattel festhalten soll. Dann nimmt sie die Zügel und führt Amica auf den Platz, um sie dort herumzuführen.

Das Mädchen sitzt so stolz wie eine Prinzessin im Sattel, wirft den Kopf nach hinten und lacht vor Freude.

„Schneller, schneller!“, ruft es und klopft mit den Beinen gegen die Sattelblätter. „Galopp, Galopp!“

Jessica schaut belustigt zu dem Mädchen hinauf und sagt: „Lieber nicht, sonst fällst du noch runter.“

Dann dreht sie sich nach ihren Freundinnen um. Conny und Tinker Bell kommen soeben auf den Platz. Auf Tinker Bells Rücken sitzt ein zarter kleiner Junge, der sich so krampfhaft am Sattel festhält, als rechne er fest damit, dass sein Pony im nächsten Moment zu buckeln anfangen würde. Nur selten getraut er sich, mit einer Hand kurz loszulassen, um seiner Mutter am Rand des Reitplatzes zuzuwinken.

Auch auf Gringo sitzt bereits ein Mädchen. Es ist schon etwas älter und will unbedingt die Zügel selber halten. Maike zeigt ihm, wie es geht, besteht aber darauf, Gringo zu führen.

Jessica ist mit der ersten Runde bereits fertig, als Alex mit Crispin den Platz betritt. Auf Crispins Rücken sitzt ein ängstlich dreinblickendes kleines Mädchen. Sein Vater geht nebenher und hält es am Hosenbund fest. Immer wieder beugt sich das Mädchen mit ausgestreckten Armen zu seinem Vater hinunter, woraufhin dieser sagt: „Nein, du bleibst da oben sitzen. Du wolltest unbedingt reiten, jetzt tust du es auch."

Glöckchengebimmel lenkt Jessicas Aufmerksamkeit auf die Kutsche, die gerade mit Michael auf dem Kutschbock und neun Kindern auf den Bänken am Reitplatz vorbeifährt. Jessica winkt den Kindern zu. Einige winken fröhlich zurück.

Als Jessica den Platz verlässt, warten bereits sechs weitere Kinder ungeduldig aufs Reiten. Jessica lässt sich die Bons zeigen und lässt das Kind mit der niedrigsten Nummer aufsteigen.

So geht es zwei Stunden lang weiter. Die Mädchen haben gar keine Zeit, sich etwas zu essen oder zu trinken zu holen, weil die Schlange von Kindern, die reiten wollen, einfach nicht kleiner wird. Eine Stunde, bevor die Vorführung beginnt, wird der Bonverkauf für das Ponyreiten eingestellt. Elf Kinder warten noch, bis sie an die Reihe kommen. Nachdem Jessica endlich das letzte Kind aus dem Sattel gehievt hat, fühlt sie sich ausgetrocknet und schlapp.

Zum Glück kommt Ute vorbei und bringt ihnen vier große Becher Limonade, die die Mädchen fast in einem Zug leeren.

Die Mädchen loben die Ponys, dann führen sie sie auf den Hof zurück und binden sie vor dem Stall an. Nach dem Absatteln und Hufeauskratzen bekommen die Tiere eine kurze Dusche aus dem Schlauch, damit der Schweiß, der unter dem Sattel das Fell verklebt hat, und der Staub vom Reitplatz aus ihrem Fell gespült werden. Die Ponys scheinen den kühlen Guss zu genießen, denn sie schließen die Augen und rühren sich nicht vom Fleck.

Nachdem die Mädchen das überschüssige Wasser mit einem Schweißmesser aus dem Fell gestrichen haben, lassen sie die Ponys noch kurze Zeit in der Sonne stehen. Erst als das Fell fast trocken ist, bringen sie die Tiere in den Stall.

Es wird ernst

So, jetzt aber Beeilung, sonst verpassen wir ja die ganze Vorstellung", sagt Conny. „Einen Teil davon hätte ich nämlich schon gerne gesehen."

Die Mädchen eilen auf ihr Zimmer, reißen sich die verschwitzten Klamotten vom Leib und schlüpfen in die Sachen, die sie zur Vorführung tragen wollen. Alex versteckt das Furcht erregende Bild auf ihrem T-Shirt, einen schwarzen Totenschädel und gekreuzte Knochen, vorerst unter ihrer Reitweste. Conny trägt über einem Top eine offene karierte Bluse, deren Ärmel sie hochgekrempelt hat und die sie später über dem Bauch zusammenknoten will. Alle vier schlüpfen mit nackten Füßen in ihre Turnschuhe und rollen die Hosenbeine bis unter die Knie auf. Die Tücher binden sie sich jetzt noch nicht um, sondern stecken sie in eine Plastiktüte, in die auch ein Springseil und eine Fahne mit kurzem Stiel hineinkommt, die Alex für ihre Überraschung heimlich angefertigt hat und die sie niemandem zeigen will. Jessica nimmt außerdem einen schwarzen Schminkstift mit, mit dem sie sich kurz vor ihrer Aufführung wilde Bärte aufmalen wollen.

Am Reitplatz angekommen, suchen die vier Freundinnen eine Stelle, von wo sie die Vorführung sehen können, doch es ist hoffnungslos. Überall stehen die Zuschauer dicht gedrängt. Die meisten sind größer als die Mädchen, und in den hinteren Reihen haben sich viele Eltern zudem noch ihre Kinder auf die Schultern gesetzt.

Als sie unter einem großen Nussbaum hindurchgehen, hören sie über sich eine Stimme: „He, ihr da unten! Hier ist noch Platz!"

Sie schauen nach oben und sehen Tanja und Theresa lustig geschminkt und in viel zu großen Klamotten auf einem kräftigen Ast sitzen. Grinsend streckt Tanja eine Hand hinunter.

„Hier, ich helf euch rauf", sagt sie.

„Nein, danke", sagt Alex. „Ich glaube, wir schaffen das auch ohne Hilfe."

Es ist tatsächlich nicht schwer, auf den Baum zu steigen, da es einige niedrige Äste gibt. Alex und Conny klettern bis zu Tanja und Theresa hinauf, während Jessica und Maike auf einem der unteren Äste stehen bleiben und sich am Stamm festhalten.

„Na ja, besonders toll ist die Aussicht von hier oben ja nicht gerade", hört Jessica Alex über sich sagen. „Man sieht mehr Blätter als sonst was."

„Dafür ist es hier schön schattig", verteidigt Tanja ihren Platz. Dann fügt sie hinzu: „Habt ihr eigentlich vorhin unsere Clownnummer gesehen?"

„Nein, leider haben wir sie verpasst", sagt Conny. „Obwohl wir uns so beeilt haben."

„Schade", fährt Tanja fort. „Ich glaube, wir waren echt witzig. Zumindest haben die Leute gelacht und geklatscht wie wild."

Auch die anderen Programmpunkte kommen bei den Zuschauern gut an und werden mit kräftigem Applaus belohnt. Ganz besonders lustig ist „Die Reise nach Jerusalem“, bei der acht Kinder aus der Zuschauermenge zu einer fröhlichen Musik um sieben Hocker reiten müssen, die in der Mitte des Platzes nebeneinander aufgestellt wurden. Jedes Mal, wenn die Musik unterbrochen wird, müssen die Kinder absteigen und sich mit ihren Ponys am Zügel schleunigst auf einen Hocker setzen. Wer keinen Hocker ergattert, muss ausscheiden. Dann wird ein Hocker weggetragen und das Ganze beginnt von vorn, bis nur noch ein Hocker übrig ist. Sieger wird ein Junge aus Hirschberg, der noch so klein ist, dass sein Vater ihn jedes Mal auf den Ponyrücken heben musste, der aber so flink wie sonst niemand aus dem Sattel sprang. Außerdem hatte er das Glück, dass sein Pony ihm willig zum Hocker hin folgte, ganz im Gegensatz zu einigen anderen Ponys, die lieber stehen blieben oder gar rückwärts gingen. Zur Belohnung erhält der kleine Junge ein mit Silberfarbe bemaltes Hufeisen, über das er sich mächtig freut.

Je näher der Zeitpunkt ihres Auftritts rückt, desto aufgeregter werden die vier Freundinnen. Alex wackelt nervös mit den Beinen und auch Conny kann nicht mehr ruhig sitzen. Maikes Backen sind feurig rot und Jessica fühlt einen Klumpen im Magen, der von Minute zu Minute größer zu werden scheint.

Als der Reitplatz für die Springnummer hergerichtet wird, wird es für die Mädchen höchste Zeit, Norris zu holen. Sie klettern vom Baum und joggen zum Stall, wo sie Fritz in Norris' Box vorfinden.

„Norris ist ja schon fix und fertig hergerichtet!“, staunt Alex. „Das ist aber lieb von dir, Fritz.“

„Dachte, ich mach das lieber mal schon, damit hier keine Hektik entsteht und Norris womöglich seine Ruhe verliert“, sagt der alte Mann und klopft dem Norweger den Hals.

Plötzlich sagt Maike: „Ich glaube, ich kann nicht mitmachen. Mir ist schlecht."

„Dann machst du eben mit, obwohl dir schlecht ist", sagt Alex. „Ich hab mich übrigens auch schon besser gefühlt, wenn dir das ein Trost ist."

„Ich muss aufs Klo", sagt Conny und rennt aus dem Stall, bevor jemand etwas entgegnen kann.

Alex sieht ihr grinsend nach.

Jessica holt den schwarzen Schminkstift aus der Plastiktüte und sagt: „Dreh dich mal zu mir her, Alex, damit ich dir einen hübschen Bart verpassen kann. Was für einen hättest du denn gern? Schnurrbart, Spitzbart, Schnauzbart?"

„Bitte nur Stoppeln", sagt Alex. „Damit es so aussieht, als hätte ich mich ein paar Tage lang nicht rasiert."

Als Alex fertig ist, bekommt Maike einen mächtigen Schnurrbart verpasst. Gleichzeitig flicht ihr Alex die blonden Haare zu einem kurzen, dünnen Rattenzopf. Da Jessicas langes, lockiges Haar für einen Piraten viel zu schön und füllig wirkt, zwirbelt sie es zu einem festen Knoten, den sie am Hinterkopf feststeckt. Darüber kommt ein rotes, zu einem Dreieck gefaltetes Tuch, dessen Enden sie nicht unter dem Kinn, sondern nach Piratenart im Nacken verknotet.

Endlich kommt Conny zurück, sodass auch ihr ein Bart aufgemalt werden kann. Dann binden sich Alex, Maike und Conny ein zusammengerolltes Tuch als Stirnband um den Kopf. Als Alex die Reitweste ablegt, schmunzelt Fritz über das grausige Totenkopfbild auf ihrem T-Shirt. Jetzt müssen nur noch die Tücher um die Hüften geschlungen werden, und die Piraten sind fertig.

„Ihr seht ja richtig echt aus", sagt Fritz anerkennend. Dann fügt er hinzu: „So, jetzt gehen wir aber besser mal los, sonst verpassen wir noch unseren Einsatz."

Der Klumpen in Jessicas Magen wird noch ein bisschen dicker. Conny schluckt.

„Ich muss nur nochmal kurz verschwinden“, sagt sie, doch Alex packt sie am Arm und sagt: „Hier geblieben. Jetzt wird nicht mehr verschwunden.“

Fritz befestigt die Longe an Norris' Halfter und führt das Pony auf den Hof. Während er Maike auf Norris' Rücken hilft, ertönt vom Reitplatz her Applaus. Dann beginnt die Musik, die Sofie für ihre Quadrille ausgesucht hat.

Niemand bemerkt Norris, Fritz und die vier Mädchen, als sie sich dem Reitplatz nähern, so gebannt schauen alle Leute der Vorführung zu.

„Die Musik klingt hier draußen aber längst nicht so schön wie in der Halle“, sagt Maike.

„Ja, trotz der vier riesigen Lautsprecher wirkt sie manchmal richtig dünn“, stimmt Conny zu. „Hoffentlich hört sich unsere Musik besser an.“

„Da kannst du deine Nase drauf verwetten“, sagt Alex zuversichtlich. „Schließlich haben wir nur mächtig fetzige Titel ausgesucht und nicht so ein liebliches Tralala.“

„Hm“, brummt Fritz, dem ein paar alte Märsche besser gefallen hätten als das, was die Mädchen ausgewählt haben.

Plötzlich geht ein Raunen durch die Menge. Maike streckt sich und versucht, über die Köpfe der Zuschauer hinwegzusehen.

„Kannst du von da oben was erkennen?“, fragt Alex neugierig.

„Wart mal …“ Maike kniet sich auf Norris' Rücken und richtet sich auf. „Jetzt seh ich was. Ups, ich glaube, Sahib spinnt ein bisschen. Er ist total nervös. Sofie kann ihn kaum zurückhalten.“

Wieder ein Raunen, vermischt mit leisen Rufen.

„Was ist passiert?“, fragt Alex wieder und hüpft aufgeregt von einem Bein aufs andere. „Los, erzähl schon!“

„Sofie hat sich verritten, glaub ich. Zumindest haben die drei anderen soeben eine Kehrtvolte gemacht und Sofie nicht. Jetzt hat Sofie ihren Fehler bemerkt. Sie wendet, aber …“ Sie unterbricht sich und zieht deutlich hörbar die Luft durch die Zähne.

„Was war jetzt schon wieder?“, fragt Alex aufgeregt. „Los, sag schon.“

„Ines ist wegen Sofies Fehler unsicher geworden und wollte wieder die Richtung wechseln. Dabei ist sie fast mit Sofie zusammengestoßen. Jetzt herrscht ein mächtiges Durcheinander, das kann ich euch sagen.“

Alex klatscht vor Freude in die Hände. „Bin ich froh, dass die keine perfekte Show hinlegen. Jetzt können wir uns auch ein paar Schnitzer leisten.“

„Lieber nicht“, sagt Conny, die so bleich ist, dass sie eher einem Gespenst als einem Piraten gleicht. „Kann ich nicht vielleicht doch nochmal kurz aufs Klo? Ich beeil mich auch.“

„Nein, wir sind doch gleich dran“, sagt Jessica. Sie legt Conny die Hand auf die Schulter und lächelt ihr aufmunternd zu, obwohl sie selbst am liebsten davongelaufen wäre.

Da ertönt Maikes Stimme: „Jetzt haben sie sich wieder gefangen. Die Quadrille geht weiter.“

„Schade“, seufzt Alex.

Als der Schlussakkord ertönt, klatschen die Zuschauer trotz oder vielleicht sogar wegen des Zwischenfalls stürmisch Beifall. Jessica sieht Alex schlucken. Also ist sie auch aufgeregt und nicht so lässig, wie sie immer tut, denkt Jessica. Sie hört, dass Ute eine Ansage macht, aber sie kann nicht verstehen, was sie sagt. Erst als sie Fritz brummen hört: „Wolltet ihr nicht aus verschiedenen Richtungen auf den Platz laufen?", kommt sie wieder zu sich. Sie nickt hastig, tippt Conny und Alex auf die Schultern und bedeutet ihnen mitzukommen. Damit sie von den Zuschauern noch nicht bemerkt werden, rennen sie in einem weiten Bogen um sie herum. Zuerst bahnt sich Alex einen Weg durch die Menge zum Reitplatz hin, ein Stück weiter macht Conny dasselbe. Jessica läuft noch einige Meter, dann kämpft auch sie sich zwischen den protestierenden Zuschauern bis zur ersten Reihe vor.

Nun setzt ihre Musik ein und die Leute beginnen im Takt zu klatschen. Alle schauen erwartungsvoll zum Eingang des Platzes, wo Fritz, Norris und Maike erschienen sind. Maike nimmt vorsichtshalber ihre Brille ab und reicht sie Fritz, der sie in die Hosentasche steckt. Das bedeutet, dass es gleich losgeht.

Jessicas Zähne klappern vor Aufregung. Wenn nur ihr Herz nicht so heftig klopfen würde! Oder wenn sie wenigstens einen klaren Gedanken fassen könnte! Liebe Güte, jetzt kann sie sich nicht mal mehr daran erinnern, welche Übung zuerst drankommt!

Jetzt hört sie Fritz mit der Peitsche knallen und sieht gleich darauf Norris mit Maike auf seinem Rücken dicht an den Zuschauern vorbeijagen. Maike hat sich weit vorgebeugt, um das große Pony mit den kurzen Ausbindezügeln zu führen, was einen verwegenen Eindruck macht. Auf diese Weise galoppiert sie zweimal im Kreis, während Fritz langsam und würdevoll zur Mitte des Platzes schreitet.

Die Piratennummer

Als Jessica sieht, wie Alex und Conny zwischen den Latten der Umrandung des Reitplatzes durchklettern, fällt die Angst ganz plötzlich von ihr ab. Sie zwängt sich ebenfalls zwischen den Latten hindurch und rennt wie ihre beiden Freundinnen mit wildem Gejohle auf den Platz. Dort hüpft sie mit weiten, wilden Sprüngen umher. Alex macht Handstand und geht auf den Händen, während Conny ein Rad nach dem anderen schlägt.

Inzwischen reitet Maike zu Fritz in die Mitte. Fritz befestigt die Longe wieder an Norris' Halfter. Dann lässt er das Norweger Pferd in immer weiteren Kreisen um sich herumgehen. Norris scheint zu merken, dass er sich heute besonders anstrengen muss. Das äußere Ohr ist gespitzt, das andere auf Fritz gerichtet. Als der Zirkel, auf dem sich Norris bewegt, die richtige Größe hat, schnalzt Fritz mit der Zunge und Norris galoppiert gehorsam an.

Maike richtet den Oberkörper auf, macht die Beine lang und streckt die Arme zur Seite. So verharrt sie fünf Galoppsprünge lang, genauso wie sie es gelernt hat. Dann macht sie die Mühle, wobei sie die Beine nacheinander gestreckt, langsam und gleichmäßig wie die Flügel eines Mühlrades so hoch wie möglich über Seite, Rücken und Hals von Norris hinwegbewegt.

Inzwischen haben sich Jessica, Conny und Alex der Größe nach auf dem Hufschlag aufgestellt. Alex gibt Conny einen kleinen Stoß mit dem Ellenbogen und sagt grinsend: „Die macht das klasse heute, nicht?"

„Mhm, einwandfrei", sagt Conny. „So gut war sie echt noch nie. Aber es feuert einen ja auch unheimlich an, wenn die Zuschauer so mitklatschen."

„Stimmt", sagt Alex. „Aber das ist auch kein Wunder bei unserer super Musik."

Conny lächelt säuerlich. „Komisch, sonst hast du meine Musik immer ätzend gefunden."

„Die restlichen Sachen auf deinen CDs sind ja auch ätzend", sagt Alex.

„Ruhe jetzt", zischt Jessica. „Konzentriert euch lieber auf unsere Aufführung. Wir sind bald dran."

Als Maike dabei ist, die Schere zu machen, läuft Jessica zu Fritz und wartet dort, bis Maike mit der Übung fertig ist.

„Mehr Schwung, Maike", flüstert Jessica beschwörend, doch die Schere war noch nie Maikes Stärke, und auch jetzt klappt sie nicht besonders gut. Maikes Beine sind beim Kreuzen in der Luft alles andere als gestreckt, und ihr Hinterteil löst sich kaum von Norris Rücken.

„Na ja, die anderen Sachen hat sie jedenfalls ganz gut hingekriegt", brummt Fritz. Er hebt die Peitsche und lässt Jessica darunter durchschlüpfen. Sie läuft an der Longe entlang zu Norris' Seite und fasst mit der linken Hand den inneren Griff des Gurtes. Mit der anderen Hand ergreift sie Maikes rechte Hand, die sie ihr an ihrem Rücken vorbei entgegenstreckt. Dann hüpft sie drei Galoppsprünge lang neben Norris her, springt mit beiden Beinen kräftig ab, reißt das rechte Bein in die Höhe, spürt Maikes kräftigen Zug – und schon sitzt sie hinter ihr auf Norris' Rücken.

Beifall brandet auf. Der Rhythmus der Musik hämmert wild und Maike streckt vor Freude darüber, dass bisher alles so gut geklappt hat, eine Faust nach oben. Das war eigentlich nicht geplant, ist aber so ansteckend, dass Jessica ebenfalls die Faust hebt und einen wilden Piratenschrei ausstößt. Eine halbe Runde lang führen sich die beiden Mädchen wie zwei wilde Kerle auf, dann steht Jessica auf und Maike kniet sich hin. Zwei, drei Galoppsprünge lang bleiben die Mädchen in dieser Stellung und versuchen, sich in die Bewegung des Ponys hineinzufühlen. Dann lässt Maike die Griffe los, richtet den Oberkörper auf und streckt die Arme zur Seite. Im gleichen Moment streckt auch Jessica die Arme von sich, wippt mit jedem Galoppsprung federnd in den Knien und schaut krampfhaft auf Norris' Hals, damit sie keine Höhenangst bekommt. In Gedanken zählt sie die Galoppsprünge mit – eins, zwei, drei, vier – dann fasst sie wieder Maikes Schultern, wartet, bis Maike wieder sitzt und lässt sich dann ebenfalls ins Sitzen zurückgleiten. Jetzt erst wird ihr bewusst, dass die Leute klatschen. Sie winkt kurz in die Menge, dann springt sie nach innen ab.

Aus den Augenwinkeln heraus sieht sie, wie Conny an der Longe entlang auf Norris zutrabt. Während Jessica selbst hinter dem Pony her auf ihren Platz läuft, beobachtet sie, wie Conny leicht wie eine Feder hinter Maike aufspringt, aufsteht, auf Maikes Schulter klettert und die Beine auf Maikes Rücken verschränkt.

Auch Alex beobachtet Conny und Maike, die nun die Arme zur Seite strecken. Jessica stupst sie an.

„He, du Schlafmütze, du musst los!", sagt sie.

„Ach so, ja", sagt Alex erschrocken und rennt schleunigst zu Fritz, der auch schon die Peitsche hebt, um sie darunter durchzulassen. Dies ist gleichzeitig das Signal für Jessica, schon wieder zu Fritz zu laufen. Ganz außer Atem kommt sie bei ihm an und ist froh, wenigstens jetzt eine Minute verschnaufen zu können, während Alex und Maike ihre Übung machen.

Alex ist bereits aufgesprungen und hinter Maike aufgestanden. Sie fasst Maikes erhobene Hände, kniet sich auf ihre Schultern, presst die Schenkel zusammen und lehnt sich mit dem Bauch gegen Maikes Kopf.

Jessica drückt die Daumen. Diese Übung sieht relativ einfach aus, aber in Wirklichkeit ist sie eine der schwierigsten in ihrem Programm. Schmerzhaft ist sie auch noch, und zwar sowohl für Alex' Schienbeine als auch für Maikes Schultern.

Dann passiert etwas, womit die Mädchen nicht gerechnet haben: Da sich Alex mit dem Bauch gegen Maikes Kopf lehnt, verrutscht Maikes Stirntuch, sodass es ihr über den Augen liegt und sie nichts mehr sehen kann. Jetzt lässt Alex ihre Hände los, doch anstatt das Tuch zurückzuschieben, streckt sie tapfer die Arme zur Seite und zählt blind die Galoppsprünge mit.

Die Zuschauer haben mit dem Klatschen aufgehört und halten den Atem an, denn sie haben das Missgeschick bemerkt. Und ausgerechnet jetzt tritt Norris in eine Unebenheit im Boden und kommt aus dem Takt – nicht sehr, die Zuschauer merken es gar nicht –, aber es reicht, um Alex aus dem Gleichgewicht zu bringen. Sie rudert mit den Armen und sucht nach einem Halt. Maike reagiert sofort und streckt die Hände nach oben, aber da sie nichts sehen kann, verfehlt sie Alex' Hände. In ihrer Verzweiflung klammert sich Alex an Maikes Kopf fest, doch so erreicht sie nur, dass Maike ebenfalls das Gleichgewicht verliert. Ein Aufschrei geht durch die

Menge, als Maike langsam, wie in Zeitlupe, nach hinten kippt. Blind tastet Maike nach den Griffen des Voltigiergurts und bekommt zum Glück im letzten Moment wenigstens noch einen zu fassen. Mit aller Kraft hält sie sich daran fest, während sie mit der anderen Hand nach dem zweiten Griff sucht. Endlich hat sie ihn gefunden, endlich sitzt sie wieder sicher, und nun kann Alex endlich von ihren Schultern klettern.

Während die Zuschauer erleichtert Beifall klatschen, zieht Maike das Stirntuch mit einem Ruck nach unten, sodass es wie ein weites Halstuch auf ihre Brust hinunterbaumelt.

Jessica atmet ein paarmal tief durch, um sich wieder zu beruhigen. Als Alex abspringt, massiert sich Maike Hals und Schultern.

Bestimmt tut ihr was weh, denkt Jessica. Hoffentlich kann sie weitermachen.

Sie läuft zu Norris und ruft zu Maike hinauf: „Geht's noch?"

Maike nickt gequält und streckt Jessica die Hand entgegen, um ihr auf Norris' Rücken zu helfen. Dann sagt sie etwas, aber wegen der lauten Musik kann Jessica nichts verstehen.

Jessica beugt sich vor und fragt: „Was hast du gesagt?"

„Ich weiß nicht mehr, was jetzt drankommt!"

„Schneidersitz und Standwaage."

„Ach ja."

Maike schlägt die Beine vor dem Gurt zum Schneidersitz übereinander. Jessica steht auf, wobei sie sich an Maikes Schultern festhält, die sich ganz hart und unnachgiebig anfühlen.

„Sei locker, Maike", sagt sie. „Das Schlimmste hast du hinter dir. Versuch zu lächeln. Ja, so ist's besser. Und jetzt: Arme zur Seite!"

Maike gehorcht. Im gleichen Moment hebt Jessica das linke Bein und streckt es waagerecht nach hinten, während sie sich immer noch auf Maikes Schultern stützt.

Applaus brandet auf, noch lauter als vorhin.

„Ich glaube, es war ganz gut, dass dir das mit dem Stirntuch passiert ist“, sagt Jessica, als sie wieder hinter Maike sitzt und den Zuschauern zuwinkt. „Die Leute zittern jetzt richtig mit uns mit.“

Jessica hat Recht. Jedes Mal verstummt das rhythmische Klatschen, wenn die Mädchen eine Übung machen, um dann umso begeisterter fortgesetzt zu werden, wenn die Übung geklappt hat.

Als Alex hinter Maike aufsteht, deren erhobene Hände fasst, allen Mut zusammennimmt und über Maikes rechte Schulter weit hinunter auf den Boden springt, geraten die Leute vollends aus dem Häuschen.

Die Musik tut das ihrige dazu, denn statt der neuesten Radiohits ertönt nun fetzige Rockmusik aus den sechziger und siebziger Jahren. Die ersten Erwachsenen beginnen die Songs, mit denen sie groß geworden sind, begeistert mitzusingen. Das steckt an, und so dauert es nicht lange, bis alle Zuschauer singen, den Kopf im Takt bewegen, mit hoch erhobenen Händen klatschen oder wenigstens mit dem Fuß auf den Boden stampfen. Krumme Beine und Unsicherheiten werden großzügig übersehen, und als Conny schließlich alleine auf dem galoppierenden Pony steht und Seil springt, trägt sie der Beifall der Zuschauer förmlich über das Seil. Mit einer Grätsche springt sie nach außen vom Pferd, damit Alex die Vorführung mit ihrer Überraschung beenden kann.

Alex springt mit ihrer selbst gemachten Fahne in der Hand auf Norris' Rücken und rollt sie auseinander. Dann steht sie auf und hält die Fahne an ihrem Stiel triumphierend in die Höhe. Es ist eine riesige schwarze Piratenflagge mit weißem Totenschädel und gekreuzten Knochen, die heftig im Gegenwind flattert und Alex fast vom Pferd reißt. Aber es ist ein toller Anblick, wie Alex mit ihrem giftgrünen Tuch um den Kopf, ihrem aufgemalten schwarzen Bart, ihrem Seeräuberhemd und den aufgerollten Jeans entschlossen und wild auf dem Ponyrücken steht und zwei Runden durchhält, bis die Musik zuende ist. Dann springt sie auf den Boden, wirft die Fahne weg, macht ein Rad und eine Rolle und stößt im aufbrandenden Applaus vor Freude über die gelungene Vorstellung die Fäuste in die Luft. Dann gesellt sie sich zu ihren Freundinnen, die sich bereits neben Fritz und Norris aufgestellt haben, um sich mit ihnen zusammen in alle Richtungen zu verbeugen. Begeisterte Pfiffe übertönen das Klatschen. Die Mädchen müssen sich wieder und wieder verbeugen. Als der Applaus endlich verebbt, geht Jessica zu Norris und umarmt seinen Hals.

„Du warst klasse heute“, sagt sie liebevoll. „Nie wieder werde ich etwas gegen dich sagen, egal, wie faul du bist.“

Auch die drei anderen Mädchen loben Norris, tätscheln und streicheln ihn.

Fritz lächelt. Er gibt Norris zur Belohnung einen Pferdekeks, löst die Ausbindezügel und führt das Pony langsam vom Platz. Die Mädchen gehen nebenher, ohne mit dem Streicheln aufzuhören. Ute macht wieder eine Ansage, und wieder achtet Jessica nicht darauf, was sie sagt. Stattdessen hört sie die Bemerkungen der Zuschauer, die bereitwillig eine Gasse bilden, um Fritz, Norris und die Mädchen hindurchzulassen.

„Das war großartig“, sagt jemand. „Ganz einmalig.“

„Die könnten glatt im Zirkus auftreten“, sagt jemand anders.

„Mami, darf ich das auch mal machen?“, quäkt eine Kinderstimme.

Jessica ist glücklich, und ihre Freundinnen auch. Sie bedanken sich bei Fritz, dass er bereit war, ihnen das Voltigieren beizubringen und mit ihnen zusammen aufzutreten. Fritz macht eine wegwerfende Handbewegung und grummelt etwas in seinen Bart. Trotzdem sieht man ihm deutlich an, dass er mächtig stolz ist.

Jetzt, da die Vorstellung vorbei ist, herrscht unter den Besuchern des Sommerfests Aufbruchstimmung. Vor allem Eltern mit Kindern strömen nun zu ihren Autos, die sie links und rechts der Zufahrtsstraße zum Ponyhof geparkt haben. Trotzdem setzen sich einige Leute nochmal auf die Bänke, um vor der Heimfahrt eine Wurst oder ein Steak zu essen.

Jessicas Magen knurrt, als ihr der Duft der gebratenen Würstchen in die Nase steigt. Fritz hat es gehört und dreht sich zu ihr um.

„Ich kann Norris auch alleine versorgen“, sagt er. „Ihr könnt ruhig schon mal rübergehen und was essen.“

Das lassen sich die vier Mädchen nicht zweimal sagen. Sie stellen sich beim Grill an und holen sich eine extra große Portion Steak mit Salat oder Wurst mit Pommes und Ketchup, dazu Cola und Limonade. Dann setzen sie sich neben Nadja und Theresa an einen der beiden Tische, die Ute für die Mädchen reserviert hat.

„Cola ist voll ungesund“, sagt Alex, nachdem sie mit ein paar gierigen Schlucken die Colaflasche halb ausgetrunken hat. „Deshalb gibt es die bei uns zu Hause nie.“ Sie wischt sich mit der Hand den Mund ab und rülpst. „Dabei schmeckt sie sooo gut.“

Conny und Jessica kichern, aber Maike sieht auf einmal traurig aus.

„Jetzt finde ich es doch schade, dass meine Eltern unsere Vorstellung nicht sehen konnten“, sagt sie und seufzt. „Wenn ich ihnen davon erzähle, werden sie nur nicken und milde lächeln und denken, dass ich voll übertreibe. Meine Eltern halten mich nämlich für total unsportlich. Genau wie Sofie."

Alex beißt ein Stück von ihrer Wurst ab und sagt, während sie noch am Kauen ist: „Sofie dürftest du ja nun vom Gegenteil überzeugt haben."

„Falls sie überhaupt zugeschaut hat", gibt Conny zu bedenken. „Wahrscheinlich hat sie gleich nach der Quadrille Sahib in den Stall gebracht."

„Dann bekommt sie es eben von den anderen zu hören", sagt Jessica.

„Wartet mal", sagt Alex, schiebt sich hastig ein paar Pommes frites in den Mund und steht auf. „Hat Michael nicht ... bin gleich wieder da."

Sie steigt rückwärts über die Bank und flitzt davon.

„Was hat sie denn nun schon wieder?", fragt Conny kopfschüttelnd.

„Keine Ahnung", sagt Maike. „Ich hol mir jetzt jedenfalls nochmal 'ne Limo. Und ein paar Waffeln."

Es dauert eine ganze Weile, bis Alex zurück ist.

„Mist, jetzt ist mein ganzes Essen kalt geworden", sagt sie.

Jessica lacht. „Viel war ja sowieso nicht mehr übrig."

„Trotzdem. Aber vielleicht bekomm ich ja nochmal was."

Fünf Minuten später sitzt Alex mit einer knusprig gegrillten Wurst und heißen Pommes wieder am Tisch.

„Und?", fragt Conny neugierig. „Was hast du eben gemacht?"

„Wurst und Pommes geholt."

Conny verdreht die Augen. „Du weißt genau, was ich meine."

Alex beißt in aller Ruhe in ihre Wurst. Saft spritzt zur Seite und verfehlt Conny nur knapp.

„Michael“, sagt sie mampfend, „hat unsere Vorführung auf Video aufgenommen.“

Jessica, Conny und Maike schauen sie überrascht an. „Echt? Ein Video? Woher hast du das gewusst?“

„Ich hab's bloß vermutet, weil ich ihn mit der Kamera herumlaufen sah. Ich hab ihn gefragt und er hat gesagt, die Aufnahmen seien super geworden. Und was das Beste daran ist …“

Alex macht eine Pause und weidet sich an den gespannten Gesichtern ihrer Freundinnen.

„Das Beste daran ist“, wiederholt sie und wischt sich den Mund mit ihrer ketchupverschmierten Serviette ab, „dass wir alle eine Kopie davon bekommen.“

„Cool!“, ruft Maike so laut, dass sich alle Leute in der Nähe nach ihr umdrehen.

Die Mädchen vom Ponyhof Wiesental sitzen noch lange an den Tischen und erzählen wieder und wieder von den Erlebnissen des Tages. Als die Sonne untergeht, flammen die kleinen Lämpchen an den Girlanden auf, die zwischen den Bäumen aufgespannt sind. Ein paar Grillen schaffen es, mit ihrem Zirpen das Stimmengewirr zu übertönen.

Jessica lehnt sich zurück und schaut zum anderen Tisch hinüber, wo Sofie still vor ihrer Limonade sitzt und geistesabwesend mit der Flasche spielt. Sofie ist furchtbar enttäuscht, weil sie bei der Quadrille gepatzt hat und die Stars an diesem Abend Jessica und ihre Freundinnen sind.

Langsam wird es kühler, doch Jessica hat keine Lust, sich einen Pulli zu holen. Wie schade, dass der Tag bald vorüber ist. Morgen muss sie wieder heim. Aber sie wird wiederkommen. Und Alex, Conny und Maike auch. Das haben sie sich gegenseitig schon versprochen.

„Schon gelesen?"

KeRLE
bei Herder